祖国颂

Ode to the Motherland

《诗刊》社 编

作家出版社

目　录

辑　一

003　炉中煤　　　　　　　　　　　　　　　　　　郭沫若

005　教我如何不想她　　　　　　　　　　　　　刘半农

007　哀中国　　　　　　　　　　　　　　　　　蒋光慈

011　一句话（外二首）　　　　　　　　　　　　闻一多

017　我迎着风狂和雨暴　　　　　　　　　　　　蒲　风

020　为祖国而歌　　　　　　　　　　　　　　　胡　风

024　走向北方　　　　　　　　　　　　　　　　邹荻帆

028　我爱这土地（外二首）　　　　　　　　　　艾　青

040　怀厦门　　　　　　　　　　　　　　　　　彭燕郊

046　黄河颂　　　　　　　　　　　　　　　　　光未然

049　假如我战死了　　　　　　　　　　　　　　柳　倩

051　月夜渡湘江　　　　　　　　　　　　　　　穆木天

055　蝈蝈，你喊起他们吧　　　　　　　　　　　魏　巍

057　赞　美　　　　　　　　　　　　　　　　　穆　旦

061　我用残损的手掌　　　　　　　　　　　　　戴望舒

063　为祖国而歌　　　　　　　　　　　　陈　辉

070　囚　歌　　　　　　　　　　　　　　叶　挺

辑　二

075　有的人　　　　　　　　　　　　　　臧克家

078　江　南　　　　　　　　　　　　　　徐　迟

081　国　旗　　　　　　　　　　　　　　严　辰

084　军帽底下的眼睛　　　　　　　　　　胡　昭

086　到远方去（外一首）　　　　　　　　邵燕祥

094　枪给我吧　　　　　　　　　　　　　未　央

097　致北京（外一首）　　　　　　　　　李　季

102　回　答　　　　　　　　　　　　　　何其芳

108　骑马挂枪走天下　　　　　　　　　　张永枚

111　青春万岁（序诗）　　　　　　　　　王　蒙

113　给志愿垦荒队　　　　　　　　　　　周良沛

118　一九五六年骑着骏马飞奔而来　　　　谢　冕

119　母　亲　　　　　　　　　　　　　　饶阶巴桑

121　夜　景　　　　　　　　　　　　　　傅　仇

124　五月一日的夜晚　　　　　　　　　　公　刘

126　轻！重！　　　　　　　　　　　　　白　桦

128　漓　江　　　　　　　　　　　　　　蔡其矫

130　祖　国　　　　　　　　　　铁依甫江·艾里耶夫

133　去锡林浩特　　　　　　　　　　　吕　剑

136　我的灵魂　　　　　　　　　　　　痖　弦

140　钟声又响起来了……　　　　　　　严　阵

141　桂林山水歌（外一首）　　　　　　贺敬之

156　百舌鸟　　　　　　　　　纳·赛音朝克图

159　春　雨　　　　　　　　　　　　　忆明珠

160　青纱帐——甘蔗林　　　　　　　　郭小川

164　胡桃树　　　　　　　　　　　　　何　来

166　秋色赞　　　　　　　　　　　　　晓　雪

169　黄山松·日出　　　　　　　　　　张万舒

171　苜蓿草　　　　　　　　　　　　　宫　玺

174　电焊工　　　　　　　　　　　　　路　遥

辑　三

179　祖国啊，我亲爱的祖国　　　　　　舒　婷

182　一九七八年的春天（外一首）　　　李　瑛

190　边界望乡　　　　　　　　　　　　洛　夫

193　长城谣　　　　　　　　　　　　　席慕蓉

195　月亮，月亮，请你告诉我　　　　　曾　卓

197　纪念碑　　　　　　　　　　　　　江　河

201　信　念　　　　　　　　　　　　　罗　洛

203　我是青年　　　　　　　　　　　　杨　牧

208　假如……　　　　　　　　　　　　　顾　城

209　写给当炮兵的儿子　　　　　　　　　丁　芒

212　祖国，我是永远属于你的　　　　　　辛　笛

216　划呀，划呀，父亲们！　　　　　　　昌　耀

223　我们是大运河的子孙　　　　　　　　刘祖慈

228　父母之河　　　　　　　　　　　　　雷抒雁

237　就是那一只蟋蟀　　　　　　　　　　流沙河

241　江　流　　　　　　　　　　　　　　屠　岸

243　最好的早晨　　　　　　　　　　　　苏金伞

245　殷　实　　　　　　　　　　　　　　王燕生

248　小镇的除夕　　　　　　　　　　　　熊召政

254　陕北腰鼓　　　　　　　　　　　　　梅绍静

256　霍尔果斯的哨兵　　　　　　　　　　林　染

258　舰长的传说　　　　　　　　　　　　李　钢

262　我骄傲：我是中国人(外一首)　　　　王怀让

273　高原的太阳　　　　　　　　　　　　叶延滨

276　等待日出　　　　　　　　　　　　　马丽华

279　呼伦贝尔草原　　　　　　　　　　　宗　鄂

282　我应该是一角大西北的土地　　　　　章德益

286　山雀子噪醒的江南　　　　　　　　　饶庆年

289　中国的土地　　　　　　　　　　　　刘湛秋

291　念黄河　　　　　　　　　　　　　　周所同

294　看一座房屋盖起来　　　　　　　　　　　路　翎

297　中国高第街　　　　　　　　　　　　　　洪三泰

300　祖国（或以梦为马）　　　　　　　　　　海　子

303　我的名字叫：兵　　　　　　　　　　　　李松涛

305　相会在天安门广场　　　　　　　　　　　柯　原

308　母　语　　　　　　　　　　　　　　　　梁小斌

310　圣　土　　　　　　　　　　　　　　　　路　漫

315　我追随在祖国之后　　　　　　　　　　　梁　南

318　中国的风筝　　　　　　　　　　　　　　绿　原

321　祖国之秋　　　　　　　　　　　　　　　曹宇翔

323　三峡建设者颂　　　　　　　　铁木尔·达瓦买提

326　关于祖国　　　　　　　　　　　　　　　高洪波

328　你将怎样回答生活　　　　　　　　　　　周　涛

333　祖国，我是你精神花园的子叶　　　　　　张学梦

辑
一

炉中煤

——眷念祖国的情绪

郭沫若①

　　　　　　一

啊，我年青的女郎！

我不辜负你的殷勤，

你也不要辜负了我的思量。

我为我心爱的人儿

燃到了这般模样！

　　　　　　二

啊，我年青的女郎！

你该知道了我的前身？

---

① 郭沫若（1892—1978），原名郭开贞，四川乐山人。现代著
　　名文学家、历史学家、考古学家、古文字学家。参加过北伐
　　战争和南昌起义，曾担任政务院副总理、全国人大常委会副
　　委员长、全国政协副主席等职务。

你该不嫌我黑奴卤莽?

要我这黑奴底胸中,

才有火一样的心肠。

三

啊, 我年青的女郎!

我想我的前身

原本是有用的栋梁,

我活埋在地底多年,

到今朝才得重见天光。

四

啊, 我年青的女郎!

我自从重见天光,

我常常思念我的故乡,

我为我心爱的人儿

燃到了这般模样!

1920年1、2月间作

(发表于1920年2月3日《时事新报·学灯》)

教我如何不想她

刘半农[①]

天上飘着些微云，

地上吹着些微风。

啊！

微风吹动了我的头发，

教我如何不想她？

月光恋爱着海洋，

海洋恋爱着月光。

啊！

这般蜜也似的银夜，

教我如何不想她？

---

① 刘半农（1891—1934），原名刘寿彭，江苏江阴人。中国新
  文化运动先驱，文学家和语言学家。曾任北京大学教授、研
  究所国学门导师、研究院文史部主任等。

水面落花慢慢流，

水底鱼儿慢慢游。

啊！

燕子你说些什么话？

教我如何不想她？

枯树在冷风里摇，

野火在暮色中烧。

啊！

西天还有些儿残霞，

教我如何不想她？

1920年9月4日于英国伦敦大学留学期间所作

（发表于1923年9月16日《晨报·副刊》）

哀中国

蒋光慈①

我的悲哀的中国，

我的悲哀的中国，

你怀拥着无限美丽的天然，

你的形象如何浩大而磅礴！

你身上排列着许多蜿蜒的江河，

你身上耸峙着许多郁秀的山岳，

但是现在啊，

江河只流着很呜咽的悲音，

山岳的颜色更惨淡而寥落！

满国中外邦的旗帜乱飞扬，

---

① 蒋光慈（1901—1931），原名蒋如恒，安徽金寨人。与阿
英、孟超等人组织"太阳社"，编辑《太阳月刊》《时代文
艺》《新流月报》《拓荒者》等文学杂志，宣传革命文学。

满国中外人的气焰好猖狂！

旅顺大连不是中国人的土地么？

可是久已做了外国人的军港；

法国花园不是中国人的土地么？

可是不准穿中服的人们游逛。

哎哟！中国人是奴隶啊！

为什么这般自甘屈服？

为什么这般萎靡颓唐？

满国中到处起烽烟，

满国中景象好凄惨！

恶魔的军阀只是互相攻打啊，

可怜的小百姓的身家性命不值钱！

卑贱的政客只是图谋私利啊，

哪管什么葬送了这锦绣的河山？

朋友们，提起来我的心头寒，

我的悲哀的中国啊！

你几时才跳出这黑暗之深渊？

东望望罢，那里是被压迫的高丽；

南望望罢，那里是受欺凌的印度；

哎哟！亡国之惨不堪重述啊！

我忧中国将沦于万劫而不复。

我愿跑到那昆仑之高巅，

做唤醒同胞迷梦之号呼；

我愿倾泻那东海之洪波，

洗一洗中华民族的懒骨。

我啊！我羞长此沉默以终古！

易水萧萧啊，壮士吞仇敌；

燕山巍巍啊，吓退匈奴夷；

同思往古不少轰烈事，

中华民族原有反抗力。

却不料而今全国无声息，

大家熙熙然甘愿为奴隶！

哎哟！我是中国人，

我为中国命运放悲歌，

我为中华民族三叹息。

寒风凛冽啊，吹我衣；

黄花低头啊，暗无语；

我今枉为一诗人，

不能保国当愧死！

拜伦曾为希腊羞，

我今更为中国泣。

哎哟！我的悲哀的中国啊！

我不相信你永远沉沦于浩劫，

我不相信你永无重兴之一日。

1924年11月21日作

（选自《哀中国》，长江书店1927年出版）

一句话（外二首）

闻一多[①]

有一句话说出就是祸，

有一句话能点得着火，

别看五千年没有说破，

你猜得透火山的缄默？

说不定是突然着了魔，

突然青天里一个霹雳

爆一声：

"咱们的中国！"

这话叫我今天怎样说？

你不信铁树开花也可，

---

① 闻一多（1899—1946），原名闻家骅，湖北浠水人。先后在
　清华大学、西南联大任教。抗战爆发后，投身革命，1946
　年被国民党特务杀害。主要著作有诗集《红烛》《死水》等。

那么有一句话你听着：

等火山忍不住了缄默，

不要发抖，伸舌头，顿脚，

等到青天里一个霹雳

爆一声：

"咱们的中国！"

大约于1925年或1926年作

（选自《死水》，新月书店1928年出版）

洗衣歌

洗衣是美国华侨最普遍的职业，因此留学生常常被人问道："你爸爸是洗衣裳的吗？"许多人忍受不了这侮辱。然而洗衣的职业确乎含着一点神秘的意义。至少我曾经这样想过。作《洗衣歌》。

（一件，两件，三件，）
洗衣要洗干净！

（四件，五件，六件，）
熨衣要熨得平！

我洗得净悲哀的湿手帕，
我洗得白罪恶的黑汗衣，
贪心的油腻和欲火的灰……
你们家里一切的脏东西，
　　交给我洗，交给我洗。

铜是那样臭，血是那样腥，
脏了的东西你不能不洗，
洗过了的东西还是得脏，
你忍耐的人们理它不理？
　　替他们洗！替他们洗！

你说洗衣的买卖太下贱，
肯下贱的只有唐人不成？
你们的牧师他告诉我说：
耶稣的爸爸做木匠出身，
　　你信不信，你信不信？

胰子白水耍不出花头来，

洗衣裳原比不上造兵舰。

我也说这有什么大出息——

流一身血汗洗别人的汗？

　　你们肯干，你们肯干？

年去年来一滴思乡的泪，

半夜三更一盏洗衣的灯……

下贱不下贱你们不要管，

看那里不干净那里不平，

　　问支那人，问支那人。

我洗得净悲哀的湿手帕，

我洗得白罪恶的黑汗衣，

贪心的油腻和欲火的灰，

你们家里一切的脏东西，

　　交给我——洗，交给我——洗。

（一件，二件，三件，）

洗衣要洗干净!

(四件,五件,六件,)

熨要熨得平!

1925年春作

(选自《死水》,新月书店1928年出版)

发现

我来了,我喊一声,进着血泪:

"这不是我的中华,不对,不对!"

我来了,因为我听见你叫我;

鞭着时间的罡风,擎一把火。

我来了,不知道是一场空喜。

我会见的是噩梦,哪里是你?

那是恐怖,是噩梦挂着悬崖,

那不是你,那不是我的心爱!

我追问青天,逼迫八面的风,

我问,拳头擂着大地的赤胸。

总问不出消息；我哭着叫你，

呕出一颗心来，——在我心里！

（发表于1927年6月25日《时事新报·学灯》）

我迎着风狂和雨暴

蒲　风①

哦！我复投身于炎夏的烘炉，

我归来，我又复迎着风狂和雨暴！

哦哦！祖国，头尾三年，我离开了你的怀抱；如今，我
　　归来——

太空掀起了滚滚云涛，黯澹里有闪电照耀；闷热冲起自
　　地心，

响雷在天空，响雷也轰动在心头。

我看惯，在小岛，魔鬼在跃跳，

在海外，我听惯太平洋的嘶吼！

如今，我带回了发动机的热和力，

---

① 蒲风（1911—1942），原名黄日华，广东梅县人。1932年，
　　在左联直接领导下，与穆木天等共同发起创办中国诗歌会。
　　抗日战争时期参加新四军转战各地，因患肺病过早逝世。

我要把魔鬼当柴烧，

我要配足马力哟，

我的力的总能

要像那五大海洋的怒潮！

我不问被残杀了多少东北同胞，

我要问热血的中国男儿还有多少。

我要汇合起亿万的铁手来呵，

我们的铁手需要抗敌，

我们的铁手需要战斗！

战斗吧，祖国！

战斗吧，为着祖国！

不要怕别人的军舰握住咽喉，

我们要鼓起气力把这些秽物逐出胸头！

——滚开那些秽物吧，

扬子江，大沽口，珠江，

我们要掀起铁流群的歌奏！

天津，上海，威海卫，烟台，

青岛，福州，厦门，汕头，

我们要让每一粒细砂也都怒吼。

从云南，从塞北，从四川，

我们的热血男儿哟，谁愿落后！

铁的纪律维系我们的行列，

来吧，我们的胜利

建立在我们的顽强的苦斗！

哦哦！北方早已卷起了云潮！

哦哦！四方的雷电同在响奏！

——别让闷热冷却在地心呵，

我归来，我正迎着风狂和雨暴，

怒吼吧，祖国，这正是时候！

1936年7月1日作

（选自《钢铁的歌唱》，诗歌出版社1936年出版）

为祖国而歌

胡　风①

在黑暗里　在重压下　在侮辱中

苦痛着　呻吟着　挣扎着

是我底祖国

是我底受难的祖国！

在祖国

忍受着面色的痉挛

和呼吸底喘促

以及茫茫的亚细亚的黑夜，

如暴雨下的树群

①　胡风（1902—1985），原名张光人，湖北蕲春人。诗人、文
　　艺理论家。1933年加入左联，《七月》杂志创办人之一，
　　《希望》杂志原主编。曾任全国政协常委、中国文联委员、
　　中国作协顾问等。

我们成长了

为了明天
为了抖去苦痛和侮辱底重载
　　朝阳似的
　　绿草似的
　　生活含笑，
祖国呵
你底儿女们
　　歌唱在你底大地上面
　　战斗在你底大地上面
　　喋血在你底大地上面

在卢沟桥
在南口
在黄浦江上
在敌人底铁蹄所到的一切地方，
迎着枪声　炮声　炸弹声底呼啸——
祖国呵
为了你

为了你底勇敢的儿女们

为了明天

我要尽情地歌唱：

用我底感激

　　　我底悲愤

　　　我底热泪

　　　我底也许迸溅在你底土壤上的活血！

人说：无用的笔呵

　　　把它扔掉好啦。

然而，祖国呵

就是当我拿着一把刀

　　　或者一支枪

在丛山茂林中出没的时候罢

依然要尽情地歌唱——

迎着铁底风暴

　　　火底风暴

　　　血底风暴

歌唱出郁积在心头上的仇火

歌唱出郁积在心头上的真爱

也歌唱掉盘结在你古老的灵魂里的一切死渣和污秽

为了抖掉苦痛和侮辱底重载

为了胜利

为了自由而幸福的明天

为了你呵，生我的　养我的　教给我什么是爱　什么是
　恨的　使我在爱里恨里苦痛的

辗转于苦痛但依然能够给我希望给我力量的

我底受难的祖国！

　　　　1937年8月24日，望见敌机在南京市轰炸的时候

　　　　（选自《为祖国而歌》，七月诗社1947年出版）

走向北方

邹荻帆[①]

穿过了滴绿的树林

与淡墨水的远山，

赭石色的大路上，

我们以沉重的脚步

走向北方。

北方是广阔的，

那些线条模糊的地

我们走近了，

更想望着

---

① 邹荻帆（1917—1995），湖北天门人，中华全国文艺界抗敌
协会发起人之一。曾任《文艺报》编辑部主任、《诗刊》主
编等。诗集《邹荻帆抒情诗》获第二届全国优秀新诗（诗
集）奖（1983—1984）。

那更远的

萦在白云下

爬上青苔的古城，

以及插上瓦松的黑色的屋脊。……

每天，

我们跋涉在

灼热与尘封的大路上。

沙子与汗水填在耳根，

贴在背上的

是湿答答的汗衣，

沙子钻破了草履呵，

一天天

我们底脚掌磨得更粗粝了，

我们将以粗粝的脚趾

快乐而自由地行走在中国底每一条路上，

吻合着祖先们底足迹。

晚间，

我们投落在

墙壁霉湿的屋子里，

围着跳跃的烛光，

用生水吞着那走了味的麦饼，

草席上我们脱下沾着泥土的鞋，

"记忆"数着大路上的脚印：

哦，那停住了呼吸的农场上底风车，

那悬在木门上的锈绿的铜锁，

它们底主人走了，

只留着黄犬叫着寂寞。……

烛火跳跃着，

灼热的心也随着烛光跳跃着呀！

祖国呵，

我们为着争求您底自由与光明，

灼热的心无时不是在追逐着遥远的风沙，

而不辞万里的行程啦。

烛火以微弱的光

剪破了黑暗，

我们微弱的力量

将也能如一星燎原的火

而递燃着四万万五千万支灯芯焰吗？

烛火跳跃着，

我们以红色的笔

勾写着明天的计划与行程，

在明天啊，

我们更将坚决勇敢地走向北方的北方。

1938年7月作

（选自《尘土集》，文化生活出版社1940年出版）

我爱这土地（外二首）

艾 青①

假如我是一只鸟，

我也应该用嘶哑的喉咙歌唱：

这被暴风雨所打击着的土地，

这永远汹涌着我们的悲愤的河流，

这无止息地吹刮着的激怒的风，

和那来自林间的无比温柔的黎明……

——然后我死了，

连羽毛也腐烂在土地里面。

---

① 艾青（1910—1996），原名蒋正涵，浙江金华人。1932年
加入中国左翼美术家联盟。1941年去延安。1942年参加延
安文艺座谈会。曾任中国作协副主席等职。获法国文学艺术
最高勋章和葡萄牙自由勋章。

为什么我的眼里常含泪水？

因为我对这土地爱得深沉……

1938 年 11 月 17 日作

（选自《北方》，文化生活出版社 1942 年出版）

北方

一天

那个科尔沁草原上的诗人

对我说：

"北方是悲哀的。"

不错，

北方是悲哀的。

从塞外吹来的

沙漠风，

已卷去

北方的生命的绿色

与时日的光辉

—— 一片暗淡的灰黄

蒙上一层揭不开的沙雾；

那天边疾奔而至的呼啸

带来了恐怖，

疯狂地

扫荡过大地；

荒漠的原野

冻结在十月的寒风里，

村庄呀，山坡呀，河岸呀，

颓垣与荒冢呀

都披上了土色的忧郁……

孤单的行人，

上身俯前

用手遮住了脸颊，

在风沙里

困苦了呼吸

一步一步地

挣扎着前进……

几只驴子

——那有悲哀的眼

　　和疲乏的耳朵的畜生，

载负了土地的

痛苦的重压，

它们厌倦的脚步

徐缓地踏过

北国的

修长而又寂寞的道路……

那些小河早已枯干了

河底已画满了车辙，

北方的土地和人民

在渴求着

那滋润生命的流泉啊！

枯死的林木

与低矮的住房

稀疏地，阴郁地

散布在灰暗的天幕下；

天上，

看不见太阳，

只有那结成大队的雁群

惶乱的雁群

击着黑色的翅膀

叫出它们的不安与悲苦，

从这荒凉的地域逃亡

逃亡到

绿荫蔽天的南方去了……

北方是悲哀的

而万里的黄河

汹涌着浑浊的波涛，

给广大的北方

倾泻着灾难与不幸；

而年代的风霜，

刻画着

广大的北方的

贫穷与饥饿啊。

而我

——这来自南方的旅客，

却爱这悲哀的北国啊。

扑面的风沙

与入骨的冷气

决不曾使我咒诅；

我爱这悲哀的国土，

一片无垠的荒漠

也引起了我的崇敬

——我看见

我们的祖先

带领了羊群

吹着筜笛

沉浸在这大漠的黄昏里；

我们踏着的

古老的松软的黄土层里

埋有我们祖先的骸骨啊，

——这土地是他们所开垦，

几千年了

他们曾在这里

和带给他们以打击的自然相搏斗，

他们为保卫土地

从不曾屈辱过一次，

他们死了

把土地遗留给我们——

我爱这悲哀的国土，

它的广大而瘦瘠的土地

带给我们以淳朴的言语

与宽阔的姿态

我相信这言语与姿态

坚强地生活在大地上

永远不会灭亡；

我爱这悲哀的国土

　　古老的国土

——这国土

养育了为我所爱的

世界上最艰苦

与最古老的种族。

1938年2月作

（选自《艾青诗选》，人民文学出版社2021年出版）

黎明的通知

为了我的祈愿

诗人啊，你起来吧

而且请你告诉他们

说他们所等待的已经要来

说我已踏着露水而来

已借着最后一颗星的照引而来

我从东方来

从汹涌着波涛的海上来

我将带光明给世界

又将带温暖给人类

借你正直人的嘴

请带去我的消息

通知眼睛被渴望所灼痛的人类
和远方的沉浸在苦难里的城市和村庄

请他们来欢迎我——
白日的先驱，光明的使者

打开所有的窗子来欢迎
打开所有的门来欢迎

请鸣响汽笛来欢迎
请吹起号角来欢迎

请清道夫来打扫街衢
请搬运车来搬去垃圾

让劳动者以宽阔的步伐走在街上吧
让车辆以辉煌的行列从广场流过吧

请村庄也从潮湿的雾里醒来

为了欢迎我打开它们的篱笆

请村妇打开她们的鸡棚

请农夫从畜棚牵出耕牛

借你的热情的嘴通知他们

说我从山的那边来，从森林的那边来

请他们打扫干净那些晒场

和那些永远污秽的天井

请打开那糊有花纸的窗子

请打开那贴着春联的门

请叫醒殷勤的女人

和那打着鼾声的男子

请年轻的情人也起来

和那些贪睡的少女

请叫醒困倦的母亲

和她身边的婴孩

请叫醒每个人

连那些病者和产妇

连那些衰老的人们

呻吟在床上的人们

连那些因正义而战争的负伤者

和那些因家乡沦亡而流离的难民

请叫醒一切的不幸者

我会一并给他们以慰安

请叫醒一切爱生活的人

工人，技师及画家

请歌唱者唱着歌来欢迎

用草与露水所掺合的声音

请舞蹈者跳着舞来欢迎

披上她们白雾的晨衣

请叫那些健康而美丽的醒来

说我马上要来叩打他们的窗门

请你忠实于时间的诗人

带给人类以慰安的消息

请他们准备欢迎，请所有的人准备欢迎

当雄鸡最后一次鸣叫的时候我就到来

请他们用虔诚的眼睛凝视天边

我将给所有期待我的以最慈惠的光辉

趁这夜已快完了，请告诉他们

说他们所等待的就要来了

1942年作于延安

（选自《艾青诗选》，人民文学出版社2021年出版）

怀厦门

彭燕郊[①]

在中原

我固执地唱着一支忠诚的恋歌

我怀念厦门——

如同羔羊怀念他底慈母

我的记忆是深沉的……

春来了

我观看天

那太阳并不比南国的太阳更热更光

---

① 彭燕郊（1920—2008），原名陈德矩，福建莆田人。"七月诗派"代表性诗人之一。1938 年参加新四军，1941 年担任中华全国文艺界抗敌协会桂林分会常务理事。曾任湘潭大学中文系教授等。

雨下着

我就想在雨里追寻往日的足迹

听人歌唱的时候

我就想起了那熟稔的歌声

风吹着

我就想驾只白帆的小舟在海上遨游

　　奔跑在江南的原野上

　　我忆念海

　　和那浪花一样的泪与笑

在厦门

我骄傲我底年青

骄傲我满溢的生命的力

到处开遍花

相思树底绿叶常青

天，像海一样蓝

像海一样湛深

和煦的海风吹着

吹亮了炮台上大炮底口径

吹红了小姑娘的臂膀、双唇

在那海上的岛屿

向水天的远方遥瞻

我找寻敌人底踪迹

用粗黑的手抚摸古代的堡垒

让海风吹拂我底衣襟

站在嵯峨的山上

看海，看波绿的平原

光华的都市以及那安静的庄园

真的

我热爱祖国，热爱到不能用文字形容

前进

冒着重叠的禁令，重叠的皮鞭

在战友底呼喊声中

我比喻海中的礁石

要像它一样坚贞

长年开着花

谢了一朵，又重放几枝

战士底血流着

我们踏着血迹前进

天气晴朗，那么

我们到乡间去

那里

乡民们正磨炼着他们底武器

黑夜，就拿起火把

在士敏土的壕堑里巡行

在厦门

我度着最可喜的岁月

借南国的光

借南国的热

养育着

幼小的"我"

幼小的一个火苗

而今

强盗底兽蹄终于踏上了这岛市

我早知道

"谁笑得最后

谁也笑得最好"

耀武，扬威

由你任性去烧

去杀，去抢吧

过去了

昔年的海天

昔年的鹭岛

今天

是凌辱，是血，是仇恨

熟稔的歌声又起在耳边

熟识的面影呀，

他们

已经那么英勇地做了牺牲

"十八万同胞同生死

厦门永远是咱的"

十八万双眼睛噙住泪水

注视你——再见的时日已不远

那时，让我们把你再造

生命、血液、伤痛

我们全都准备好

1939年2月作于江南某村

（发表于1939年10月《七月》第4集第3期）

黄河颂

光未然[1]

（朗诵词）

啊，朋友！

黄河以它英雄的气魄，

出现在亚洲的原野；

它表现出我们民族的精神：

伟大而又坚强！

这里，

我们向着黄河，

唱出我们的赞歌。

---

[1] 光未然（1913—2002），原名张光年，湖北老河口人。早年从事抗日救亡活动，1949 年后曾任《剧本》月刊主编，中国剧协党组书记，中国作协党组书记、副主席，《文艺报》《人民文学》主编，中共中央顾问委员会委员等。

（歌词）

我站在高山之巅，

望黄河滚滚，

奔向东南。

惊涛澎湃，

掀起万丈狂澜；

浊流宛转，

结成九曲连环；

从昆仑山下

奔向黄海之边；

把中原大地

劈成南北两面。

啊！黄河！

你是中华民族的摇篮！

五千年的古国文化，

从你这儿发源；

多少英雄的故事，

在你的身边扮演！

啊！黄河！

你是伟大坚强，

像一个巨人

出现在亚洲平原之上，

用你那英雄的体魄

筑成我们民族的屏障。

啊！黄河！

你一泻万丈，

浩浩荡荡，

向南北两岸

伸出千万条铁的臂膀。

我们民族的伟大精神，

将要在你的哺育下

发扬滋长！

我们祖国的英雄儿女，

将要学习你的榜样，

像你一样的伟大坚强！

像你一样的伟大坚强！

1939年3月作

（选自《黄河大合唱》，解放军文艺出版社2000年出版）

假如我战死了

柳　倩[①]

假如我战死了请把我埋在那险峻的高山，

山下蜿蜒着宽敞的道路，

白云悠闲地绕过那座严关。

让我听江风呼啸，挟着民族的怒吼，

让战友们唱着凯歌回来，践踏过我的白骨。

我像高山，像高山一样庄严、雄浑。

我像大星瞪着国土，再不许敌寇侵入。

让我这无名者永远是一个哨兵，民族的歌人，

整日在山岗上望，

看着我们年轻的后代

---

① 柳倩（1911—2004），四川荣县人。1931 年毕业于国立成
都大学中文系。1932 年筹办中国诗歌会，1933 年参加左
联，抗日战争全面爆发后，参加文化工作委员会，任中华全
国文艺界抗敌协会会员、浙东行署文教处负责人。

在欢笑中过活，在自由中生长，

脸上销尽了从前千百代的耻辱。

让日子消泯了仇恨，我依然偃息在那座高山，

山上山下开辟的是自己的土地，

集体的耕作、疏浚，安居在自己底农庄。

让我听农场上的欢歌赞扬着人类的进步，

他们瞅着埋葬我的这座高山有千年的怀古。

我像江潮，像江潮应和着他们的歌声，

我像太阳般欢笑，怡然地将他们爱抚。

让我这无名者永远是一个斗士，历史的证人，

长久在山岗上望，

俯视着我们年轻的子孙，

管理自己的国家，建立新的社会，

脸上燃烧着是我们这一代从未有的幸福。

1940年5月6日作于广西武鸣旧思恩府

（选自《春草集》，文林出版社1942年出版）

月夜渡湘江

穆木天[①]

今夜我渡过了这琥珀色的湘江，

远望去是一片苍茫，

在雾影里飘动着往来的小舟，

在空气中浮荡着朦胧的月光。

月光照耀在水面上，

月光也照耀远近的田野和山岗；

它照耀着无数的农村和都市，

它也照耀着辽远的我的故乡。

在故乡是血和肉的搏斗呀，

---

① 穆木天（1900—1971），吉林伊通人。1921年参加创造社。
1926年毕业于日本东京大学。1931年在上海参加左联，负
责左联诗歌组工作，并参与成立中国诗歌会。曾任东北师范
大学、北京师范大学教授。

多少地方都变成了修罗场，

正如同这湘江岸上的古旧的城池，

变成了血肉交织的瓦砾场一样。

在瓦砾中江水流转着，

好像是一滴血一滴泪在动荡，

祖国的过去和未来，

也一滴血一滴泪流动在我的心上。

在我的心里是充满着各种的回忆呀，

如同古老的传说充满着这古老的湘江。

湘江的水今天是阴郁而美丽的，

月色朦胧中使我感到无限的兴奋和惆怅。

随着江水我的心奔驰着，

我看见无数的苦难的田野和村庄，

从长白山一直到大庾岭上，

我好像听见血腥的风在飘扬。

随着江水我的心在驰想着，

这湘江上曾经作过多少次革命战场！

可是这个负载着民族光荣和耻辱的土地呀！

今日在苦难中又发出新时代的火光。

民族革命战争的火焰燃烧着，

从鸭绿江一直到澜沧江上；

从帕米尔高原到东海滨，

多少人为祖国的自由解放在武装。

湘江，在他古老的姿态中，

也给我们呈露出他的英勇的形象，

今天他是忧郁而美丽的，

月色朦胧中，他好像是松花江一样。

如同在松花江上一样，

我看见多少的火把在高张。

在废墟中是蕴藏着多少复仇的种子，

湘江今天在他的战斗中生长！

今天我渡过了这琥珀色的湘江，

湘江原野上是一片苍茫，

（多少苦难的回忆在我的心上萦回着，）

我战栗地憧憬着他的未来的荣光。

1940年11月14日作于坪石

（选自《新的旅途》，重庆文座出版社1942年出版）

蝈蝈，你喊起他们吧

魏　巍[①]

战斗了一夜一早晨，战士呵，

用满挂露水的刺刀，

割一枝红酸枣吃下你便睡了！

睡得这样甜呵，

树影在你的军衣上绣起了花朵，

大红枣跳到子弹带上你也不知道。

螳螂，你这个勇敢美丽的昆虫，

你站在战士的脚上，触须轻轻舞动。

---

① 魏巍（1920—2008），原名魏鸿杰，河南郑州人。毕业于延安抗大。1937年参加八路军，曾任晋察冀军区部队宣传科长、团政委，北京军区文化部长，中国作协理事、书记处书记等。长篇小说《东方》获首届茅盾文学奖。

你可是在偷看他们的梦？

你可曾看见，在他们的梦里：

手榴弹开花是多么美丽，

战马奔回失去的故乡时怎样欢腾，

烧焦的土地上有多少蝴蝶又飞上花丛！

呵，蝈蝈，你喊起他们吧！

在升起笔直的青烟那边，

早饭已经熟了。

　　　　1941年9月24日于易县铁管沟门反"扫荡"中作

　　　（选自《黎明风景》，人民文学出版社1955年出版）

赞　美

穆　旦[①]

走不尽的山峦的起伏，河流和草原，

数不尽的密密的村庄，鸡鸣和狗吠，

接连在原是荒凉的亚洲的土地上，

在野草的茫茫中呼啸着干燥的风，

在低压的暗云下唱着单调的东流的水，

在忧郁的森林里有无数埋藏的年代，

它们静静地和我拥抱：

说不尽的故事是说不尽的灾难，沉默的

是爱情，是在天空飞翔的鹰群，

是干枯的眼睛期待着泉涌的热泪，

当不移的灰色的行列在遥远的天际爬行；

---

①　穆旦（1918—1977），原名查良铮，浙江海宁人。"九叶诗派"
　　代表性诗人之一。毕业于西南联合大学外文系，曾任南开大
　　学外文系副教授等。著名诗人、翻译家。

我有太多的话语，太悠久的感情，

我要以荒凉的沙漠，坎坷的小路，骡子车，

我要以槽子船，漫山的野花，阴雨的天气，

我要以一切拥抱你，你，

我到处看见的人民呵，

在耻辱里生活的人民，佝偻的人民，

我要以带血的手和你们一一拥抱。

因为一个民族已经起来。

一个农夫，他粗糙的身躯移动在田野中，

他是一个女人的孩子，许多孩子的父亲，

多少朝代在他的身边升起又降落了

而把希望和失望压在他身上，

而他永远无言地跟在犁后旋转，

翻起同样的泥土溶解过他祖先的，

是同样的受难的形象凝固在路旁。

在大路上多少次愉快的歌声流过去了，

多少次跟来的是临到他的忧患；

在大路上人们演说，叫嚣，欢快，

然而他没有，他只放下了古代的锄头，

再一次相信名词，溶进了大众的爱，

坚定地，他看着自己溶进死亡里，

而这样的路是无限的悠长的

而他是不能够流泪的，

他没有流泪，因为一个民族已经起来。

在群山的包围里，在蔚蓝的天空下，

在春天和秋天经过他家园的时候，

在幽深的谷里隐着最含蓄的悲哀：

一个老妇期待着孩子，许多孩子期待着

饥饿，而又在饥饿里忍耐，

在路旁仍是那聚集着黑暗的茅屋，

一样的是不可知的恐惧，一样的是

大自然中那侵蚀着生活的泥土，

而他走去了从不回头诅咒。

为了他我要拥抱每一个人，

为了他我失去了拥抱的安慰，

因为他，我们是不能给以幸福的，

痛哭吧，让我们在他的身上痛哭吧，

因为一个民族已经起来。

一样的是这悠久的年代的风，

一样的是从这倾圮的屋檐下散开的

无尽的呻吟和寒冷，

它歌唱在一片枯槁的树顶上，

它吹过了荒芜的沼泽，芦苇和虫鸣，

一样的是这飞过的乌鸦的声音。

当我走过，站在路上踟蹰，

我踟蹰着为了多年耻辱的历史

仍在这广大的山河中等待，

等待着，我们无言的痛苦是太多了，

然而一个民族已经起来，

然而一个民族已经起来。

1941年12月作

（发表于1942年2月《文聚》第1卷第1期）

我用残损的手掌

戴望舒①

我用残损的手掌

摸索这广大的土地：

这一角已变成灰烬，

那一角只是血和泥；

这一片湖该是我的家乡，

（春天，堤上繁花如锦幛，

嫩柳枝折断有奇异的芬芳）

我触到荇藻和水的微凉；

这长白山的雪峰冷到彻骨，

这黄河的水夹泥沙在指间滑出；

江南的水田，你当年新生的禾草

---

① 戴望舒（1905—1950），原名戴朝寀，浙江杭州人。1938年在香港主编《星岛日报·星座》副刊，1941年香港沦陷后，被日本宪兵逮捕入狱，出狱后写出了《我用残损的手掌》。

是那么细，那么软……现在只有蓬蒿；

岭南的荔枝花寂寞地憔悴，

尽那边，我蘸着南海没有渔船的苦水……

无形的手掌掠过无限的江山，

手指沾了血和灰，手掌沾了阴暗，

只有那辽远的一角依然完整，

温暖，明朗，坚固而蓬勃生春。

在那上面，我用残损的手掌轻抚，

像恋人的柔发，婴孩手中乳。

我把全部的力量运在手掌

贴在上面，寄与爱和一切希望，

因为只有那里是太阳，是春，

将驱逐阴暗，带来苏生，

因为只有那里我们不像牲口一样活，

蝼蚁一样死……那里，永恒的中国！

1942年7月3日作

（发表于1946年12月15日《文艺春秋》第3卷第6期）

为祖国而歌

陈　辉[1]

我，

埋怨

我不是一个琴师。

祖国呵，

因为

我是属于你的，

一个大手大脚的

劳动人民的儿子。

---

[1] 陈辉（1920—1945），原名吴盛辉，湖南常德人。1938年赴延安，1939年到晋察冀边区通讯社当记者，1943年调任涞涿县四区区委书纪兼武工队政委。1945年2月8日被日伪军包围，突围时拉响手榴弹，与敌人同归于尽。

我深深地

深深地

爱你!

我呵,

却不能,

像高唱《马赛曲》的歌手一样,

在火热的阳光下,

在那巴黎公社战斗的街垒旁,

拨动六弦琴丝,

让它吐出

震动世界的,

人类的第一首

最美的歌曲,

作为我

对你的祝词。

我也不会

骑在牛背上,

弄着短笛。

也不会呵,

在八月的禾场上，

把竹箫举起，

轻轻地

轻轻地吹

让箫声

飘过泥墙，

落在河边的柳荫里。

然而，

当我抬起头来，

瞧见了你，

我的祖国的

那高蓝的天空，

那辽阔的原野，

那天边的白云

悠悠地飘过，

或是

那红色的小花，

笑眯眯地

从石缝里站起。

我的心啊，

多么兴奋，

有如我的家乡，

那苗族的女郎，

在明朗的八月之夜，

疯狂地跳在一个节拍上，

你搂着我的腰，

我吻着你的嘴，

而且唱：

——月儿呀，

亮光光……

我们的祖国呵，

我是属于你的，

一个紫黑色的

年轻的战士。

当我背起我的

那支陈旧的"老毛瑟"，

从平原走过，

望见了

敌人的黑色的炮楼，

和那炮楼上

飘扬的血腥的红膏药旗，

我的血呵，

它激荡，

有如关外

那积雪深深的草原里，

大风暴似的，

急驰而来的，

祖国的健儿们的铁骑……

祖国呵，

你以爱情的乳浆，

养育了我；

而我，

也将以我的血肉

守卫你啊！

也许明天，

我会倒下；

也许

在砍杀之际，

敌人的枪尖，

戳穿了我的肚皮；

也许吧，

我将无言地死在绞架上，

或者被敌人

投进狗场。

看啊，

那凶恶的狼狗，

磨着牙尖，

眼里吐出

绿色莹莹的光……

祖国呵，

在敌人的屠刀下，

我不会滴一滴眼泪，

我高兴，

因为呵，

我——

你的大手大脚的儿子，

你的守卫者，

他的生命，

给你留下了一首

无比崇高的"赞美词"。

我高歌，

祖国呵，

在埋着我的骨骼的黄土堆上，

也将有爱情的花儿生长。

1942年8月10日，初稿于八渡

（选自《十月的歌》，作家出版社1958年出版）

囚 歌

叶　挺[①]

为人进出的门紧锁着，
为狗爬出的洞敞开着，
一个声音高叫着：
——爬出来吧！给你自由！

我渴望自由，
但我深深地知道——
人的身躯怎能从狗洞子里爬出！

我希望有一天，
地下的烈火，

[①]　叶挺（1896—1946），原名叶为询，广东惠阳人。著名军事
家，中国人民解放军创始人之一，新四军重要领导者之一，
获"中国人民解放军军事家"称号。

将我连这活棺材一齐烧掉，

我应该在烈火与热血中得到永生！

1941 年 1 月，叶挺在皖南事变时被国民党非法逮捕。1942 年，叶挺在被囚禁的重庆渣滓洞集中营楼下第二号牢房墙壁上以"六面碰壁居士"为名，写下了气壮山河的《囚歌》。手稿则由叶挺夫人李秀文探监时带出。

辑

二

有的人

——纪念鲁迅有感

臧克家[1]

有的人活着，

他已经死了；

有的人死了，

他还活着。

有的人，

骑在人民头上："呵，我多伟大！"

有的人，

俯下身子给人民当牛马。

---

[1] 臧克家（1905—2004），山东诸城人。1943年当选为中华全国文艺界抗敌协会候补理事。曾任中国作协书记处书记、《诗刊》主编等。

有的人，

把名字刻入石头，想"不朽"；

有的人，

情愿做野草，等着地下的火烧。

有的人，

他活着别人就不能活；

有的人，

他活着为了多数人更好地活。

骑在人民头上的，

人民把他摔垮；

给人民作牛马的，

人民永远记住他！

把名字刻入石头的，

名字比尸首烂得更早；

只要春风吹到的地方，

到处是青青的野草。

他活着别人就不能活的人，

他的下场可以看到；

他活着为了多数人更好地活的人，

群众把他抬举得很高，很高。

1949年11月1日作于北京

（选自《臧克家诗选》，作家出版社1954年出版）

江 南

徐　迟[①]

一

火车在雨下飞奔，

车窗上都是水珠，

模糊了窗外景色。

火车车窗是最好的画框，

如果里面是春雨江南，

那就是世界上最好的画。

清明之后，谷雨之前，

---

① 徐迟（1914—1996），原名徐商寿，浙江湖州人。历任《诗刊》副主编，湖北省文联副主席，中国作协湖北分会副主席、名誉主席等职。《哥德巴赫猜想》《地质之光》获全国优秀报告文学奖。

江南田野上的油菜花，

一直伸展到天边。

只有小桥、河流切断它，

只有麦田和紫云英变换它，

油菜花伸展到下一站，下一站。

透过最好的画框，

江南旋转着身子，

让我们从后影看到前身。

二

千万个帆已经升起，

春夜江面，平静如镜，

快快，快快打过长江去，

让春风吹上江南土地。

夜深突破了江防线，

信号弹飞上暗黑的天，黎明里，

漫山遍野解放军，

游击队出山来相迎。

解放的红旗插上了江南，

工农兵群众打下了江山，

正是春光好，秧苗初长，

江南好，人人喜洋洋。

1949年作

（选自《战争，和平，进步》，作家出版社1956年出版）

国 旗

严　辰[1]

十月的清新的风，

吹过自由中国的广场；

耀眼的五星红旗，

在蓝色的晴空里飘扬。

旗啊，你庄严又美丽，

就像刚开放的花朵一样；

你是英雄们的鲜血涂染，

从斗争的烈火里锻炼成长。

我们，四万万七千五百万人，

---

[1]　严辰（1914—2003），原名严汉民，江苏武进人。1941年到延安，1942年参加延安文艺座谈会。1951年参加抗美援朝。历任《人民文学》副主编、《诗刊》主编等。

曾经日夜不停地织你，

我们织你用生命和爱情，

用自由幸福的崇高的理想。

当你在祖国的晴空升起，

我们所有的眼睛都注视着你，

所有的喉咙呼喊你，歌颂你，

所有的手都卫护你，向你敬礼！

当你在祖国的晴空升起，

一切事物迅速地起着变化，

陈腐的要新生，暗淡的要有色彩，

衰老的变年轻，丑陋的变漂亮。

愁苦的得到了欢乐，

污浊洗净，黑暗的发出光芒，

沉默的无声的国土，

到处爆发出雷动的欢笑和歌唱。

国旗呵，你是战斗的意志，

表现了我们无穷无尽的力量。

你被人民百年来所追求，

又指引人民去到新社会的方向。

太阳会落下，

河水会干涸，

你——中国人民胜利的旗帜，

却永远年轻，

永远高高地飘扬在世界上！

1949年10月作于北京

（选自《晨星集》，作家出版社1957年出版）

军帽底下的眼睛

胡　昭[①]

透过炮火，透过烟雾，

那军帽底下

闪动着一对眼睛，

它们在四下搜寻。

从一个伤员爬向一个伤员，

她望着同志们坚毅的眼睛，

轻声地说："不要紧……"

每个指尖都充满疼爱，

她包扎得又快又轻。

---

①　胡昭（1933—2004），满族，吉林舒兰人。1947 年参军。
曾任东北民主联军第四纵队某部独立团宣传队员。吉林省作
协原副主席。诗集《山的恋歌》获首届全国优秀新诗（诗
集）奖（1979—1982）。

我想起妹妹的眼睛

那么天真而明净，

我想起妈妈的眼睛

那么温暖那么深……

深深地望了她一眼，

我回身又扑向敌人。

无论黑夜或白天

不管我守卫，我冲锋……

我眼前常闪动起那对眼睛，

这时，我就把枪握得更紧，

我就更准地射击敌人。

我要保卫那对眼睛——

妹妹的眼睛，妈妈的眼睛，

我亲爱的祖国的眼睛！

1952年12月作于朝鲜战场

（选自《光荣的星云》，作家出版社1955年出版）

到远方去（外一首）

邵燕祥①

收拾停当我的行装，

马上要登程去远方。

心爱的同志送我

告别天安门广场。

在我将去的铁路线上，

还没有铁路的影子。

在我将去的矿井，

还只是一片荒凉。

但是没有的都将会有，

---

① 邵燕祥（1933—2020），浙江萧山人。曾任《诗刊》副主
编、中国作协主席团委员等。诗集《在远方》《迟开的花》
分获第一、二届全国优秀新诗（诗集）奖。

美好的希望都不会落空。

在遥远的荒山僻壤，

将要涌起建设的喧声。

那声音将要传到北京，

跟这里的声音呼应。

广场上英雄碑正在兴建啊，

琢打石块，像清脆的鸟鸣。

心爱的同志，你想起了什么？

哦，你想起了刘胡兰。

如果刘胡兰活到今天，

她跟你正是同年。

你要唱她没唱完的歌，

你要走她没走完的路程。

我爱的正是你的雄心，

虽然我也爱你的童心。

让人们把我们叫做

母亲的最好的儿女，

在我们英雄辈出的祖国，

我们是年轻的接力人。

我们惯于踏上征途，

就像骑兵跨上征鞍，

青年团员走在长征的路上，

几千里路程算得甚么遥远。

我将在河西走廊送走除夕，

我将在戈壁荒滩迎来新年，

不管甚么时候，只要想起你，

就更要把艰巨的任务担在双肩。

记住，我们要坚守誓言：

谁也不许落后于时间！

那时我们在北京重逢，

或者在远方的工地再见！

1952 年 11 月 23 日作

（选自《到远方去》，作家出版社 1956 年出版）

中国的汽车呼唤着高速公路

五十年代

我曾听到过

中国的道路呼唤着汽车……

渴望着插上风的翅膀

飞驰过家乡、祖国的热土，

飞驰过道旁人家，

飞驰过道旁树，

还有那树头架线的土电杆，

一段段土墙，一间间茅屋，

甩到后边去，

通通甩到后边去——

田野像扇面甩开，

又像扇面收束……

不要牧歌，

不要讲古，

要的是速度！速度！速度！

在加速转动的地球上

有我们新的征途。

再不能仅仅靠小米加步枪，

再不能靠木船打军舰，

再不能靠两条腿，

去追赶十轮卡的轱辘！

在泥泞的路上渥过车，

在崎岖的山道，急转的险弯，

几乎翻车跌下深谷。

但是要前进，

前进是唯一的路。

再不能只是夸耀方向盘，

而安于老牛破车的速度！

高速度！

高速度！

这就是国家的安全，

民族的富强，

人民的幸福！

高速度，

高速度；

盼了十年、二十年，

但是直到一九七八年，

中国还没有高速公路！

原野虽然辽阔，

狭窄的公路上

摊晒着三家两户的粮食，

还有缓缓行进的

挂着风帆的架车，

造成多少次磨蹭，停滞，梗阻！

就是在我们心爱的首都，

汽车也往往拥塞于途，

不得不龟行慢步——

红灯，又是红灯！

障碍物，又是障碍物！

太阳有自己的轨道，

行星也有自己的轨道，

不许流星挡路，

在宇宙间运转自如。

啊，我的家乡，

我的祖国，

我的寸金的时间，

我的寸金的热土！

空话不能起动汽车，

豪言壮语也不能铺路。

但我们难道还不能铺一条

高速公路——

有这么多的痛苦，

有这么多的愤怒，

甚至有这么多的血肉

化为我们特有的混凝土！

我的

难以割舍的

亲爱的同志们：

听，中国的汽车

呼唤着

高速公路！

1978年12月26日作

（发表于《人民文学》1979年第1期）

枪给我吧

未 央①

松一松手，

同志，

松一松手，

把枪给我吧……

红旗插上山顶啦，

阵地已经是我们的。

想起你和敌人搏斗的情景，

哪一个不说：

老张，你是英雄！

---

① 未央（1930—2021），原名章开明，湖南临澧人。曾参加抗
美援朝战争，从事部队文艺宣传工作。湖南省文联原副主
席、省作协原主席。

看你的四周，

侵略者的军队，

被你最后一颗手榴弹

炸成了肉酱。

你的牙咬得这么紧，

你的眼睛还在睁着，

莫非为了你的母亲放心不下？

我要写信告诉她老人家，

请答应我做她的儿子。

莫非怕你的田园荒芜？

你知道，

家乡的人们，

会使你田园的禾苗长得更茁壮。

不是，不是！

我知道你有宏大的志愿。

你的枪握得多紧，

强盗们还没被撵走，

你誓不甘心……

松一松手，

是同志在接你的枪！

枪给我吧，

让我冲向前去，

完成你未尽的使命！

1953年10月作

（发表于《长江文艺》1953年第12期）

致北京（外一首）

李　季[①]

在我们美妙的语言里，

再没有什么比你的名字更加动听；

在我们祖国的地图上，

还有哪里能像你吸引着我们的心灵？

在我们这里，把那些

去过北京的人都叫作幸福的人；

在我们这里，把从你身边

传来的一张纸片看得比爱人的信还亲。

---

① 李季（1922—1980），原名李振鹏，河南唐河人。1940年
调到八路军总部工作，同年参加"百团大战"。曾任《人
民文学》主编、《诗刊》主编，中国作协副主席、书记处
常务书记等。

一辆油罐车正在暴风雪里驶行，

年轻的司机紧瞪着两只大大的眼睛。

他在注视着前进的道路，

也瞥视着那贴在挡风玻璃角上的天安门的图景。

十月里，当你的礼炮，

震动着祖国蓝色的天空。

是谁在油井区路边的雪地上，

歪斜地写了一长串——北京，北京……

每一次见到你的名字，

都会引起我们的激动。

你甚至还常常出现在

我们劳动后的甜梦中。

在我们谈心的时候，

谁对谁也不隐瞒自己的感情：

哪怕是能在你的怀抱里住上一天，

这就是我们一生里最大的光荣！

为了这个愿望，我们

日日夜夜地进行着创造性的劳动，

一个信念无时不在鼓舞着我们，

——条条道路，通往北京！

1953年冬作

（选自《心爱的柴达木》，青海人民出版社2022年出版）

寄白云鄂博

我站在镜铁山顶，

展眼向东方看望。

我要把一封信儿，

请苍鹰投到蒙古草原上。

信儿要投到白云鄂博；

要投到那繁荣的钢铁大街。

就说它们的一个将要出生的兄弟，

向它们祝贺春节！

嘉峪关外大野茫茫，

这儿将是我出生成长的地方。

我的邻居将是数不清的年青城市，

还有那屹立在祁连山下的玉门油矿。

我还没有出生，

你就开始长成；

当我牙牙学语，

你就要为祖国歌唱。

我们的大哥哥——鞍山，

已经为祖国立了功勋。

武钢和你，

也将要迎头赶上。

比起你们来，

我的年纪最轻；

亲爱的哥哥请相信我，

我决不会损害咱们钢铁弟兄的光荣。

听见没有

那气壮河山的壮言？

我的心跃跃欲动，

我真想即刻下山大干一番。

咱们兄弟四个，

分住在东南西北四边。

让咱们燃起熊熊的钢铁之火，

映红祖国的地和天。

那时候，我和你，

大戈壁和蒙古草原，

将要用烟囱做喇叭筒，

向那颗伟大的心灵汇报说：

我们胜利地实现了你的预言！

（发表于《诗刊》1958年第4期）

回　答

何其芳①

一

从什么地方吹来的奇异的风，

吹得我的船帆不停地颤动：

我的心就是这样被鼓动着，

它感到甜蜜，又有一些惊恐。

轻一点吹呵，让我在我的河流里

勇敢地航行，借着你的帮助，

不要猛烈地把我的桅杆吹断，

吹得我在波涛中迷失了道路。

---

① 何其芳（1912—1977），原名何永芳，重庆人。毕业于北京大学哲学系。1938年赴延安。曾任朱德秘书、中国社会科学院文学研究所所长，《文学评论》主编，中国作协书记处书记。第一、二、三届全国政协委员，第三届全国人大代表。

二

有一个字火一样灼热，

我让它在我的唇边变为沉默。

有一种感情海水一样深，

但它又那样狭窄，那样苛刻。

如果我的杯子里不是满满地

盛着纯粹的酒，我怎么能够

用它的名字来献给你呵，

我怎么能够把一滴说为一斗？

三

不，不要期待着酒一样的沉醉！

我的感情只能是另一种类。

它像天空一样广阔、柔和，

没有忌妒，也没有痛苦的眼泪。

唯有共同的美梦，共同的劳动

才能够把人们亲密地联合在一起，

创造出的幸福不只是属于个人，

而是属于巨大的劳动者全体。

四

一个人劳动的时间并没有多少，

鬓间的白发警告着我四十岁的来到。

我身边落下了树叶一样多的日子，

为什么我结出的果实这样稀少？

难道我是一棵不结果实的树？

难道生长在祖国的肥沃的土地上，

我不也是除了风霜的吹打，

还接受过许多雨露，许多阳光？

五

你愿我永远留在人间，不要让

灰暗的老年和死神降临到我的身上。

你说你痴心地倾听着我的歌声，

彻夜失眠，又从它得到力量。

人怎样能够超出自然的限制？

我又用什么来回答你的爱好，
你的鼓励？呵，人是平凡的，
但人又可以升得很高很高！

六

我伟大的祖国，伟大的时代，
多少英雄花一样在春天盛开；
应该有不朽的诗篇来讴歌他们，
让他们的名字流传到千年万载。
我们现在的歌声却那么微茫！
哪里有古代传说中的歌者，
唱完以后，她的歌声的余音
还在梁间缭绕，三日不绝？

七

呵，在我祖国的北方原野上，
我爱那些藏在树林里的小村庄，
收获季节的手车的轮子的转动声，
农民家里的风箱的低声歌唱！

我也爱和树林一样密的工厂，

红色的钢铁像水一样疾奔，

从那震耳欲聋的马达的轰鸣里

我听见了我的祖国的前进！

八

我祖国的疆域是多么广大：

北京飞着雪，广州还开着红花。

我愿意走遍全国，不管我的头

将要枕着哪一块土地睡下。

"那么你为什么这样沉默？

难道为了我们年轻的共和国，

你不应该像鸟一样飞翔，歌唱，

一直到完全唱出你胸脯里的血？"

九

我的翅膀是这样沉重，

像是尘土，又像有什么悲恸，

压得我只能在地上行走，

我也要努力飞腾上天空。

你闪着柔和的光辉的眼睛

望着我，说着无尽的话，

又像殷切地从我期待着什么——

请接受吧，这就是我的回答。

1954年劳动节前夕续完

（发表于《人民文学》1954年第10期）

骑马挂枪走天下

张永枚[1]

骑马挂枪走天下，

祖国到处都是家。

我曾在大巴山上种庄稼，

我曾风雨推船下三峡。

蜀山蜀水把我养大，

蜀山蜀水是我的家。

为求解放把仗打，

毛主席引我们到长白山下，

地冻三尺不愁冷，

---

[1] 张永枚，1932 年生，重庆人。1949 年参军。曾任广州军区
创作组创作员。全国第四届人大代表。

北方的妈妈送我棉衣和靰鞡。

百里行军不愁吃，

大嫂为我煮饭又烧茶；

生了病，挂了花，

北方的兄弟为我抬担架。

骑马挂枪走天下，

走到北方啊，

北方就是我的家。

我们到珠江边上把营扎，

推船的大哥为我饮战马，

小姑娘为我采荔枝，

阿嫂沏出茉莉茶，

东村西村留我住，

天天道不完知心话。

骑马挂枪走天下，

走到南方啊，

南方就是我的家。

祖国到处有妈妈的爱，

到处有家乡的山水家乡的花，

东西南北千万里，

五湖四海是一家。

我为祖国走天下，

祖国到处都是我的家。

1954年作于东莞

（选自《螺号》，人民文学出版社1972年出版）

青春万岁（序诗）

王　蒙①

所有的日子，所有的日子都来吧，

让我们编织你们，用青春的金线，

和幸福的璎珞，编织你们。

有那小船上的歌笑，月下校园的欢舞，

细雨蒙蒙里踏青，初雪的早晨行军，

还有热烈的争论，跃动的、温暖的心……

是转眼过去的日子，也是充满遐想的日子，

---

① 王蒙，1934年生，河北南皮人。1948年成为中国共产党的
地下党员。曾任文化部部长、中国作协副主席等。长篇小说
《这边风景》获第九届茅盾文学奖。被授予"人民艺术家"
国家荣誉称号。

纷纷的心愿迷离，像春天的雨，

我们有时间，有力量，有燃烧的信念，

我们渴望生活，渴望在天上飞。

是单纯的日子，也是多变的日子，

浩大的世界，样样叫我们好奇，

从来都兴高采烈，从来不淡漠，

眼泪，欢笑，深思，全是第一次。

所有的日子都去吧，都去吧，

在生活中我快乐地向前，

多沉重的担子，我不会发软，

多严峻的战斗，我不会丢脸，

有一天，擦完了枪，擦完了机器，擦完了汗，

我想念你们，招呼你们，

并且怀着骄傲，注视你们！

1956年改定

（选自《青春万岁》，人民文学出版社1979年出版）

给志愿垦荒队

——欢送支边垦荒的昆明青年

周良沛①

夜半，狂风疯狂地摇撼窗户，

满楼啊，雨雨风风，

我啊，怎能不想起你明日的路途。

也许，明夜你将睡在另一个山头，

星天下，想起我和你的朋友；

也许，地生路生，摸不到驿站，

你就不停步地迎着雨迎着风。

我知道，不说什么你也会勇敢地前去，

可是，我仍然要为你祝福！

---

① 周良沛，1933年生，江西永新人。1949年参加解放军。后
任中国作协云南分会专业作家。现任《诗刊》编委。

有次战斗，我曾到过你将踏上的荒土，

就地抓起杂草，燃起了篝火、灶烟，

悄悄转移，夜色茫茫，还不见它的真面目，

可是，它却深深地震动到心灵深处！

篝火边，我们庄稼汉的手，

习惯地抓把那里的泥土——

哎，肥沃的土地怎么经得起荒芜！

以后，我还不知道有什么人走过那里，

只听说有人从那里踏出了一条小路。

可是，真正带给它生命的，

却是你豪迈的脚步！

一排新盖的草棚，

行行垫草的地铺，

溪前，洗衣、淘米，

门前是拗断把的斧锄。

近乎古风的俭朴，

又是浪漫主义的画图——

银锄震醒古老沉睡的土地，

烧草、砍树，烈火熊熊，

奇鸟、野兽惊飞蹿奔，

你们围着火唱歌、跳舞。

山岭的炊烟，荒地的鸡鸣，

窗下，正是东山日出。

犁沟深处，播下的种籽，

在汗水里和你一道欢欣、惊梦！

顽石险峰，万千险阻，

一锤一钎，炮药齐轰；

茅草串根，庄稼的毒瘤，

一锄一锄，根草不留。

锄把笔直笔直，

向荒山开战永不弯腰；

锄落，炮轰，山摇地动，

移山的壮志，不休地进攻！

大地，于是每日生育千百次，

茁长着咖啡、可可、菠萝、三叶树，

英雄树的红花像晚霞烧红天空，

硕果，多汁的乳房垂在各处，

如元宵五颜六色的灯笼！

生活开始了，诗篇就这么写就，

平凡的事物，又包含多少深刻的故事！

你可记得那些早上，那些晚上，

你想着这些事，眉宇不舒？

你可记得那些早上，那些晚上，

你想怎样用自己的心写下决心书？

你说着，你讲着，你笑着，

迎着早上的太阳站在报名处，

说着自己的愿望，讲着自己的未来，

心底的秘密，也羞怯地坦露。

未婚的孩子，你想得多好啊，

还想到我们子孙的事！

每句话都给你这么一个问号，

你考虑好了吗？你准备好了吗？

即使问一万句，你也只有一个回答：

我考虑好了！我准备好了！

于是无比激动地写下自己的名字，

也许写下自己的乳名"小三"或"王五"，

而我看到的，只是"走向生活"四个字。

我啊，我要替你大声地宣布，

宣布那边此时还没人烟的村名，

即使那里还没有机器、房屋，

可是我见你心里的火花，

已闪出未来的建筑。

当你走向那片荒土，

我用耳朵贴在地面，

远处传来破土的笑声，

像诗韵在淙淙地流。

1955年11月作

（选自《雪兆集》，人民文学出版社1982年出版）

一九五六年骑着骏马飞奔而来

谢　冕[①]

在北京大学的未名湖畔

我也听见一九五六年的脚步在响

虽然冰霜封冻着大地

可是我的心却燃烧得发烫

祖国的每一天都不平凡

新来的年度又是这样地充满阳光

我要不虚度每一个有意义的时日

像勤劳的工人农民那样

1955年作

（选自《北大百年新诗》，四川人民出版社2018年出版）

---

① 谢冕，1932年生，福建福州人。毕业于北京大学中文系。曾任北京大学教授、中国语言文学研究所所长，北京作协第二、三届副主席，中国作协第四届理事、第五届全委会委员，《新诗评论》主编，《诗探索》编委会主任等。

母 亲

饶阶巴桑[①]

我吸吮着母亲的奶头,

还不曾想过捏泥娃娃和捉迷藏,

还不曾想过天空和陆地,

可是心里却有一个模糊的印象:

"世间再也没有什么

比母亲的胸脯还宽广!"

我从遥远遥远的边疆,

渡过了长江和黄河,

虽然我还没有走到长白山,

---

① 饶阶巴桑,1935年生,藏族,云南德钦人。1951年参军,历任侦察兵、昆明军区政治部文化部创作员、兰州军区政治部文化部专业作家等。曾任中国作协云南分会副主席。组诗《棘叶集》获全国首届少数民族文学创作奖。

但是我在心底轻声地说：

"世间再也没有什么

比祖国的胸脯更宽广！"

1956年4月作

（选自《草原集》，人民文学出版社1960年出版）

夜 景

傅 仇^①

森林抱住一个月亮，

针叶洒出万缕青光；

一串串明明朗朗的珠宝，

一串串星星，挂在树枝上。

好一个醉人的童话般的夜景，

好一个迷人的安静的海洋。

我听见树木在轻轻呼吸，

嫩草在发芽，幼苗在生长；

一根新针叶悄悄生出来，

---

① 傅仇（1928—1985），原名傅永康，四川荣县人。1950 年
在重庆参军。历任川东军区文工团宣传员、《星星》诗刊编
辑、四川省作协专业作家等。

刺着飞鼠，在梦中抖抖翅膀。

好一个醉人的童话般的夜景，
好一个迷人的安静的海洋。

我听见森林的心脏在跳跃，
树根底下泉水咚咚响；
一颗颗露珠像失眠的野鸽，
闪着绿的眼睛白的光。

好一个醉人的童话般的夜景，
好一个迷人的安静的海洋。

我听见森林伸展手臂的声音，
树枝摇摇，好像在收聚星光；
送给未来的晴朗的早晨，
送给光华灿烂的旭阳。

好一个醉人的童话般的夜景，
好一个迷人的安静的海洋。

我听见的这一切，是生命的音响，

这里面也含有我的呼吸，我的声音；

这一切，都是属于我的祖国，

为了明天，这一切都在快快地成长。

好一个醉人的童话般的夜景，

好一个迷人的安静的海洋。

1956年9月28日作于成都

（发表于《人民文学》1956年第12期）

五月一日的夜晚

公 刘[①]

五月一日的夜晚

天安门前，焰火像一千只孔雀开屏，

空中是朵朵云烟，地上是人海灯山，

数不尽的衣衫发辫，

被歌声吹得团团旋转……

整个世界站在阳台上观看，

中国在笑！中国在舞！中国在狂欢！

羡慕吧，生活多么好，多么令人爱恋，

---

① 公刘（1927—2003），原名刘耿直，江西南昌人。1949 年
参加解放军，曾任安徽文学院院长。诗集《仙人掌》获首届
全国优秀新诗（诗集）奖（1979—1982）。

为了享受这一夜，我们战斗了一生！

1955年5月6日作

（选自《仙人掌》，四川人民出版社1980年出版）

轻！重！

白　桦[①]

隐入绿色的边境森林，

谁能比边防军士兵更轻？

萤火虫飞过去也要闪亮一星星火光，

蝴蝶翩翩起舞也要扬起霏细的花粉；

我们活跃在深深的林海里，

就像是一群无声又无息的黑影。

迎着黑色的骤雨狂风，

谁能比边防军士兵更重？

千年不化的冰川也会在雷电中崩裂，

万年凝固的雪山也会在暴风里震动；

---

① 　白桦（1930—2019），原名陈佑华，河南信阳人。1947年
参加解放军。湖北省作协原副主席、上海市作协副主席。

我们站立在神圣的国境线上，

每一个哨岗都是一座不移的山峰！

（发表于1956年8月1日《北京日报》）

漓 江

蔡其矫①

上面是青色的长缕的云，

左右是陡立的绿色的山，

下面一条浅蓝的江透明如水晶。

而水底闪烁着彩色的卵石，

仿佛为这青绿色的世界

铺就一条鲜花的大道。

一叶扁舟悄悄地划过，

把倒映在水里的晴岚翠色

散作万千的金圈和银丝

---

① 蔡其矫（1918—2007），福建晋江人。1945年任晋察冀军区司令部作战处军事报道参谋。曾任中国作协文学讲习所教研室主任，福建省作协名誉主席、顾问等。

颤动在蓝天里。

青烟，苍岩，碧树，
全抹上一片晶莹的水光，
那使人倾心的明亮清辉
也活在牧童和村女的眼里。

山水有着自己的贡献，
它总是以永不衰退的美丽
把人的理想推向更高处。

在这里，在蓝色的漓江上，
那最能启发人的
就是灵魂的透明和纯洁。

1956年12月作

（发表于《诗刊》1957年第3期）

祖　国

铁依甫江·艾里耶夫[1]

祖国，自从我来到人间，

我的喜怒哀乐就与您紧紧相连。

您对儿女的辛勤哺育和爱抚，

一息尚存，我将永远铭记心间。

我的一切都属于您的赐予：

开始第一次呼吸；

接触第一线光明；

有了第一个愿望和记忆。

---

[1] 铁依甫江·艾里耶夫（1930—1989），维吾尔族，新疆霍城人。1953年曾赴朝鲜慰问志愿军。曾任中国作协副主席、新疆文联副主席等。《爱情篇》《故乡抒怀》分获第一、二届全国少数民族文学创作一等奖。

是您教会了我区分冬夏，

懂得了冷暖炎凉、酸甜苦辣；

是您教会了我识别善恶，

懂得了美丑、大小与真假。

我熟谙您无边无际的寥廓大地，

那浓密的果林和飘香的花园；

我熟谙您星罗棋布的大小城镇，

奔腾湍急的河流、白雪皑皑的群山。

我熟谙饱经风霜的爷爷奶奶，

健壮的小伙子、姑娘和同辈的伙伴；

我熟谙祖祖辈辈的坟茔墓地，

以及我们的后代，将瓜瓞绵绵。

我熟谙我们昨夜的灾难，

和那古老的历史，血迹斑斑；

我熟谙多少世纪的决斗，

和赢得胜利时泪飞如雨的狂欢。

今天我们决心用金字书写历史——

一部宏伟的史诗，正气凛然；

每一页、每一个字母、每一个标点，

都标志着时代的智慧，正直和尊严。

这个时代还仅仅是幸福的黎明，

我们子孙享有的阳光将更为充盈。

但他们也决不应数典忘祖、骄矜自大，

站在历史潮头的，还有我们整整一代人。

祖国，我誓作维护您荣誉的忠诚哨兵，

胸中将永远炽燃着对您火一样的深情；

只要能把我的内心披露于万一，

我就不悔自己枉作了诗人。

1956年作

（选自《铁依甫江诗选》，人民文学出版社1982年出版）

去锡林浩特

吕　剑[1]

我们在草原上远航，

青茂的草是海的波涛。

我们伸出了手指，

采撷着草的尖梢，

那些露水沾在手上，

多么清凉多么晶莹。

碧绿的荡漾的草浪，

像飘落的一匹软缎；

太阳升到中央照耀，

草原格外明光闪烁。

我们头上，插满了

---

[1] 吕剑（1919—2015），原名王聘之，山东莱芜人。1943 年于重庆加入中华全国文艺界抗敌协会。历任随军记者，《人民文学》编辑部主任、诗歌组长，《诗刊》编委等。

各种不知名的鲜花，

人人都戴上了花环，

像婚宴上的少女少男。

轻风吹拂，飘散着

芳草和鲜花的清香，

我们浑身扑满了花粉，

蜜蜂就来在身上停留。

我们的歌，融化在

透明温和的空气里，

伴随着云雀的翅膀，

在草原的上空飞翔。

我们直接和大自然

用无声的语言谈心：

收下我做你的儿子吧，

我哪里也不想去了！……

金红的夕阳煦照之后，

夜色渐渐地降临了，

草原上的一切一切，

都将暂时悄悄隐藏。

但像奇异的仙境一般，

就在那暗蓝的背景上，

忽有一个港湾出现，

繁星万点，一片灯火——

"锡林浩特！"

"锡林浩特！"

（发表于《诗刊》1957年第3期）

我的灵魂

痖　弦①

啊，君不见秋天的树叶纷纷落下

我虽浪子，也该找找我的家

那时候

我的灵魂被海伦的织机编成一朵小小的铃铛花

我的灵魂在一面重重的铜盾上忍受长剑的击打

我的灵魂燃烧于巴尔那斯诸神的香炉

我的灵魂系于荷马的第七根琴索

我的灵魂如今已倦游希腊

我的灵魂必须归家

啊，君不见秋天的树叶纷纷落下

---

① 痖弦（1932—2024），原名王庆麟，生于河南南阳。后迁居
中国台湾。1954年与张默、洛夫共同创办《创世纪》诗刊。
曾任《联合报》副总编辑兼副刊"联合文学"主编等。

我听见我的民族

我的辉煌的民族在远远地喊我哟

黑龙江的浪花在喊我

珠江的藻草在喊我

黄山的古钟在喊我

西蜀栈道的小毛驴在喊我哟

我的灵魂原本来自殷墟的甲骨文

所以我必须归去

我的灵魂来自九龙鼎的篆烟

所以我必须归去

我的灵魂啊

原本是从敦煌千佛的法掌中逃脱出来

原本是从唐代李思训的金碧山水中走下来

原本是从天坛的飞檐间飞翔出来

啊，君不见秋天的树叶纷纷落下

我虽浪子，也该找找我的家

希腊哟，我仅仅住了一夕的客栈哟

我必须向你说再会

我必须重归

我的灵魂要到沧浪去

去洗洗足

去濯濯缨

去饮我的黄骠马

去听听伯牙的琴声

我的灵魂要到汨罗去

去看看我的老师老屈原

问问他认不认得莎孚和但丁

再和他同吟一叶芦苇

同食一角米粽

我的灵魂要到峨嵋去

坐在木鱼里做梦

坐在禅房里喝茶

坐在蒲团上悟出一点道理来

我的灵魂要到长江去

去饮陈子昂的泪水

去送孟浩然至广陵

再逆流而上白帝城

听一听两岸凄厉的猿鸣

啊，我的灵魂已倦游希腊

我的灵魂必须归家

君不见秋天的树叶纷纷落下

1957年6月作

（选自《痖弦诗集》，广西师范大学出版社2016年出版）

钟声又响起来了……

严　阵[①]

钟声又响起来了，太阳又升起来了，

习以为常的笑声和歌声又闹起来了，

在所有人们的心目中，

这是多么平常的一天。

我们生活中这最最平常的一天呵，

就是战死的同志曾经向往的未来，

记住吧，记住这句话，

你就会懂得如何将它珍爱。

（发表于《诗刊》1957年第1期）

---

①　严阵，1930年生，原名阎桂青，山东莱阳人。1946年参加
革命工作。安徽省作协原主席、省文联原副主席。长篇小说
《荒漠奇踪》获首届全国优秀儿童文学奖。

桂林山水歌（外一首）

贺敬之[①]

云中的神呵，雾中的仙，

神姿仙态桂林的山！

情一样深呵，梦一样美，

如情似梦漓江的水！

水几重呵，山几重？

水绕山环桂林城……

是山城呵，是水城？

都在青山绿水中……

---

① 贺敬之，1924年生，山东枣庄人。1940年春到延安，曾参
与著名的大型新歌剧《白毛女》的创作。曾任《诗刊》编委、
中宣部副部长、文化部代部长、中国作协副主席等职务。

呵！此山此水入胸怀，

此时此身何处来？

……黄河的浪涛塞外的风，

此来关山千万重。

马鞍上梦见沙盘上画：

"桂林山水甲天下"……

呵！是梦境呵，是仙境？

此时身在独秀峰！

心是醉呵，还是醒？

水迎山接入画屏！

画中画——漓江照我身千影，

歌中歌——山山应我响回声……

招手相问老人山，

云罩江山几万年？

——伏波山下还珠洞,

室珠久等叩门声……

鸡笼山一唱屏风开,

绿水白帆红旗来!

大地的愁容春雨洗,

请看穿山明镜里——

呵!桂林的山来漓江的水——

祖国的笑容这样美!

桂林山水入胸襟,

此景此情战士的心——

是诗情呵,是爱情,

都在漓江春水中!

三花酒掺一分漓江水,

祖国呵，对你的爱情百年醉……

江山多娇人多情，

使我白发永不生！

对此江山人自豪，

使我青春永不老！

七星岩去赴神仙会，

招呼刘三姐呵打从天上回……

人间天上大路开，

要唱新歌随我来！

三姐的山歌十万八千箩，

战士呵，指点江山唱祖国……

红旗万梭织锦绣，

海北天南一望收！

塞外的风沙呵黄河的浪，

春光万里到故乡。

红旗下：少年英雄遍地生——

望不尽：千姿万态"独秀峰"！

——意满怀呵，才满胸，

恰似漓江春水浓！

呵！汗雨挥洒彩笔画——

桂林山水——满天下！……

1959年7月旧稿

1961年8月整理于北戴河

（发表于《人民文学》1961年第10期）

西去列车的窗口

在九曲黄河的上游，

在西去列车的窗口……

是大西北一个平静的夏夜，

是高原上月在中天的时候。

一站站灯火扑来，像流萤飞走，

一重重山岭闪过，似浪涛奔流……

此刻，满车歌声已经停歇，

婴儿在母亲怀中已经睡熟。

在这样的路上，这样的时候，

在这一节车厢，这一个窗口——

你可曾看见：那些年轻人闪亮的眼睛

在遥望六盘山高耸的峰头？

你可曾想见：那些年轻人火热的胸口

在渴念人生路上第一个战斗？

你可曾听到呵，在车厢里：

仿佛响起井冈山拂晓攻击的怒吼?

你可曾望到呵，灯光下：
好像举起南泥湾劈荆斩棘的镢头?

呵，大西北这个平静的夏夜，
呵，西去列车这不平静的窗口!

一群青年人的肩紧靠着一个壮年人的肩，
看多少双手久久地拉着这双手……

他们呵，打从哪里来? 又往哪里走?
他们属于哪个家庭? 是什么样的亲友?

他呵，塔里木垦区派出的带队人——
三五九旅的老战士、南泥湾的突击手。

他们，上海青年参加边疆建设的大队——
军垦农场即将报到的新战友。

几天前，第一次相见——

是在霓虹灯下，那红旗飘扬的街头。

几天后，并肩拉手——

在西去列车上，这不平静的窗口。

从第一天，老战士看到你们呵——

那些激动的面孔、那些高举的拳头……

从第一天，年轻人看到你呵——

旧军帽下根根白发、臂膀上道道伤口……

呵，大渡河的流水呵，流进了扬子江口，

沸腾的热血呵，汇流在几代人心头!

你讲的第一个故事:"当我参加红军那天";

你们的第一张决心书:"当祖国需要的时候……"

"呵，指导员牺牲前告诉我:

'想到呵——十年后……百年后……'"

"呵，我们对母亲说：

'我们——永远、永远跟党走！……'"

第一声汽笛响了，告别欢送的人流。

收回挥动的手臂呵，紧攀住老战士肩头。

第一个旅途之夜，你把铺位安排就。

悄悄打开针线包呵，给"新兵们"缝缀衣扣……

呵！是这样的家庭呵，这样的骨肉！

是这样的老战士呵，这样的新战友！

呵，祖国的万里江山！……

呵，革命的滚滚洪流！……

一路上，扬旗起落——

苏州……郑州……兰州……

一路上，倾心交谈——

人生……革命……战斗……

而现在，是出发的第几个夜晚了呢？
今晚的谈话又是这样久、这样久……

看飞奔的列车，已驶过古长城的垛口，
窗外明月，照耀着积雪的祁连山头……

但是，"接着讲吧，接着讲吧！
那杆血染的红旗以后怎么样呵，以后？"

"说下去吧，说下去吧！
那把汗浸的镢头开呵、开到什么时候？"

"以后，以后……那红旗呵——
红旗插上了天安门的城楼……"

"以后，以后……那南泥湾的镢头呵——
开出今天沙漠上第一块绿洲……"

呵，祖国的万里江山！……

呵，革命的滚滚洪流！……

"现在，红旗和镰头，已传到你们的手。

现在，荒原上的新战役，正把你们等候！"

看，老战士从座位上站起——

月光和灯光，照亮他展开的眉头……

看，青年们一起拥向窗前——

头一阵大漠的风尘，翻卷起他们新装的衣袖！

……但是现在，已经到必须休息的时候，

老战士命令："各小队保证，一定睡够！"

立即，车厢里平静下来……

窗帘拉紧。灯光减弱。人声顿收。……

但是，年轻人的心呵，怎么能够平静？

——在这样的路上，在这样的时候！

是的，怎么能够平静呵，在老战士的心头？

——是这样的列车，是这样的窗口！

看那是谁？猛然翻身把日记本打开，

在暗中，大字默写："开始了——战斗！"

那又是谁呵？刚一入梦就连声高呼：

我来了！我来了！——决不退后！……

啊，老战士轻轻地走过每个铺位，

到头又回转身来，静静地站立在门后。

面对着眼前的这一切情景，

看了很久，听了很久，想了很久……

呵，胸中的江涛海浪！……

呵，满天的云月星斗！……

——该怎样做这次行军的总结呢？

怎样向党委汇报这一切感受？

该怎样估量这支年轻的梯队啊？
怎样预计这开始了的又一次伟大战斗？

……戈壁荒原上，你漫天的走石飞沙呵，
……革命道路上，你阵阵的雷鸣风吼！

乌云，在我们眼前……
阴风，在我们背后……

江山呵，在我们的肩！
红旗呵，在我们的手！

呵，眼前的这一切一切呵，
让我们说：胜利呵——我们能够！

…………
…………

呵！我亲爱的老同志！

我亲爱的新战友！

现在，允许我走上前来吧，

再一次、再一次拉紧你们的手！

西去列车这几个不能成眠的夜晚呵，

我已经听了很久，看了很久，想了很久……

我不能、不能抑止我眼中的热泪呵，

我怎能、怎能平息我激跳的心头?!

我们有这样的老战士呵，

是的，我们——能够！

我们有这样的新战友呵，

是的，我们——能够！

呵，祖国的万里江山、万里江山呵！……

呵，革命的滚滚洪流、滚滚洪流！……

现在，让我们把窗帘打开吧，

看车窗外，已是朝霞满天的时候!

来，让我们高声歌唱呵——

"鲜红的太阳照遍全球!"……

1963年12月14日作于新疆阿克苏

（发表于1964年1月22日《人民日报》）

百舌鸟

纳·赛音朝克图[1]　　浩海　译

在明媚太阳的金光下，

在辽阔草原的和风中，

一只善鸣的百舌鸟，

欢快地啼叫飞腾。

　　在乳厂挤奶员的身旁，

　　在放苏鲁克[2]的牧民头上，

　　在空气清新的早晨，

　　它愉悦地歌唱飞翔。

它跳跃于电杆的顶端，

它飞绕于烟囱的周围，

①　纳·赛音朝克图（1914—1973），蒙古族，原名扎格普日
　　布，内蒙古锡林郭勒人。曾任内蒙古文联副主席、中国作协
　　理事、《诗刊》编委等。
②　苏鲁克，即畜群。

它跟随着竞赛的青年，
婉转地啼鸣盘旋。

　穿过茂密的枝丫，
　越过怒放的花丛，
　充当着欢乐的使者，
　轻快地鸣叫飞行。
在银光闪烁的汽车旁，
在千里碧绿的田野上，
在清波涟漪的水库边，
歌鸟在啼唱翱翔。

　那热情洋溢的劳动，
　那自由幸福的天空，
　那北国秀丽的风光，
　激发了它雄浑的声音。
它为美丽的景象倾心，
它为灿烂的风光激荡，
这只天上美妙的歌鸟，
就像草原的歌手奔忙。

　它激动着人们的心弦，
　毫无孤寂地歌唱遨游，

这琅琅啼鸣的百舌鸟，

是我们广阔草原的歌手。

（发表于《诗刊》1961年第5期）

春 雨

忆明珠[1]

春雨淅淅沥沥，

一声声滴进碧绿的麦田里，

要说这雨不是拌着糖水洒的，

人们心里怎会这般甜蜜？

雨呵，

你怎会不来呢？

你也是和我一样，

在千丝万缕地牵挂着

　　祖国的土地。

（发表于《诗刊》1962年第4期）

------

[1] 忆明珠（1927—2017），原名赵俊瑞，山东莱阳人。1950年
参加中国人民志愿军赴朝作战，任宣传干事。江苏省作协原
常务理事。

青纱帐——甘蔗林

郭小川[1]

看见了甘蔗林，我怎能不想去青纱帐！

北方的青纱帐啊，你至今还这样令人神往；

想起了青纱帐，我怎能不迷恋甘蔗林的风光！

南方的甘蔗林哪，你竟如此翻动战士的衷肠。

哦，我的青春、我的信念、我的梦想……

无不在北方的青纱帐里染上战斗的火光！

哦，我的战友、我的亲人、我的兄长……

无不在北方的青纱帐里浴过壮丽的朝阳！

哦，我的歌声、我的意志、我的希望……

---

[1]　郭小川（1919—1976），原名郭恩大，河北丰宁人。1937年
参加八路军，1949年5月随中国人民解放军南下。曾任中
国作协党组副书记、书记处书记，《诗刊》编委等职务。

好像都是在北方的青纱帐里生出翅膀！

哦，我的祖国、我的同胞、我的故乡……

好像都是在北方的青纱帐里炼成纯钢！

这里却是南方，而不是遥远的北方；

北方的高粱地里没有这么甜、这么香！

这里却是甘蔗林，而不是北方的青纱帐；

北方的青纱帐里没有这么美，这么亮！

北方的青纱帐哟，常常满怀凛冽的白霜；

南方的甘蔗林呢，只有大气的芬芳！

北方的青纱帐哟，常常充溢炮火的寒光；

南方的甘蔗林呢，只有朝雾的苍茫！

北方的青纱帐哟，平时只听见心跳的声响；

南方的甘蔗林呢，处处有欢欣的吟唱！

北方的青纱帐哟，长年只看到破烂的衣裳；

南方的甘蔗林呢，时时有节日的盛装！

何必这样问呢——到底更爱南方，还是北方？

我只能回答：我们的国土到处都是一样；

何必这样问呢——到底更爱甘蔗林，还是青纱帐？

我只能回答：生活永远使人感到新鲜明朗。

风暴是一样地雄浑呀，雷声也一样地高亢，

无论哪里的风雷哟，都一样能壮大我们的胆量；

太阳是一样地炽烈呀，月亮也一样地甜畅，

无论哪里的光华哟，都一样能照耀我们的心房。

露珠是一样地明澈呀，雨水也一样地清凉，

无论哪里的雨露哟，都一样是滋养我们的琼浆；

天空是一样地高远呀，大地也一样地宽敞，

无论哪里的天地哟，都一样是培育我们的温床。

啊，老战士还不曾衰老，新战士已经成长，

啊，老一代还健步如飞，新一代又紧紧跟上，

我们的人哪，总是那样胸宽、气壮、眼睛亮。

看吧，当敌人挑衅时，甘蔗林将叫他们投降；

那甜甜的秸秆啊，立刻变成锐利的刀枪！

看吧，当敌人侵犯时，甘蔗林将把他们埋葬；

那密密的长叶啊，立刻织成强大的罗网！

北方的青纱帐啊，你为什么至今还令人神往？

因为我们的甘蔗林呀，已经是新时代的青纱帐！

南方的甘蔗林哪，你为什么这样翻动战士的衷肠？

因为我们的青纱帐呀，埋伏着千百万雄兵勇将！

1962年3月广州初稿，6—9月北京改成

（选自《郭小川诗选》，人民文学出版社1985年出版）

胡桃树

何 来[1]

校园里有棵胡桃树，

默默低垂着枝叶。

是它用一万颗绿色的心，

悄悄地分担我的沉思。

不准射破这片绿荫，

这里是思想的国土！

用十万片厚大的叶子，

当架着太阳的火矢。

披着树下的一片黄昏，

---

① 何来（1939—2023），甘肃天水人。曾任甘肃省作协副主席、
诗歌创作委员会主任委员，《飞天》文学月刊社副主编等。

我跋涉过人类的历史；

眼前展现出万千景象，

展现出命运搏击的态势。

是大树用它的根和果，

给我一个巨大的启示：

投进知识的土壤吧，

把你当作一粒种子！

我天天对胡桃树默想：

应该把什么向祖国献出？

如果能像胡桃树有一万颗心，

每颗心又像胡桃那样圆熟……

（发表于《诗刊》1962年第5期）

秋色赞

晓　雪[1]

高远的天空，一片碧蓝；

深沉的大海，碧蓝一片。

清清的山泉像蓝色的水晶；

静静的湖水像蓝色的绸绢。

远山，远树，远方的道路，

仿佛都融入淡蓝色的轻烟。

呵，秋天，我爱秋天，

——碧蓝、碧蓝的秋天……

八月的稻田，一片金黄；

---

[1] 晓雪，1935年生，原名杨文翰。白族，云南大理人。1956年
毕业于武汉大学中文系。曾任云南省作协主席，省文联副主
席、党组副书记，中国作协第六、七届名誉委员。《晓雪诗
选》获第二届全国优秀新诗（诗集）奖（1983—1984）。

九月的果园，金黄一片。

哪个村子没有几座黄金山？

哪个公社没有几个黄金海？

大地铺满了金色的阳光，

祖国处处是黄金的季节！

呵，秋天，我爱秋天，

——金黄、金黄的秋天……

首都的新松，一片翠绿；

边疆的竹林，翠绿一片。

刚出的菜秧青嫩可爱；

刚栽的晚稻绿得新鲜。

哪一个村庄没有长青的树？

哪一个城市没有长绿的街？

呵，秋天，我爱秋天，

——翠绿、翠绿的秋天……

北方的高粱，一片火红；

南方的桔子，火红一片。

二月桃花红不过九月苹果；

三月牡丹比不上十月红叶。

地上的红旗映得更红了，

天上的红霞映得更鲜艳！

呵，秋天，我爱秋天，

——火红、火红的秋天……

我从祖国的边疆走到首都，

我从祖国的高原走到海边，

这里在忙收割，那里在播种、耕田，

一边果实累累，一边花朵正开……

呵，秋天，秋天，我爱秋天，

——我的祖国的秋天呵，

你是多么成熟而又生气勃勃！

你是多么香甜而又多姿多彩！

1962年9月—11月作于昆明—北京—昆明

（选自《晓雪诗选》，四川民族出版社1983年出版）

黄山松·日出

张万舒[1]

好！黄山松，我大声为你叫好，

谁有你挺得硬，扎得稳，站得高；

九万里雷霆，八千里风暴，

劈不歪，砍不动，轰不倒！

要站就站上云头，

七十二峰你峰峰皆到；

要飞就飞上九霄，

把美妙的天堂看个饱！

不怕山谷里阴风的夹袭，

---

[1]　张万舒，1938年生，原名张清海，安徽肥西人。历任新华总社国内部主任、高级记者，新华出版社社长兼总编辑等职。组诗《八万里风云录》获全国中青年诗人优秀新诗奖（1979—1980）。

你双臂一抖，抗得准，击得巧！

更不畏高山雪冷寒彻骨，

你折断了霜剑，扭弯了冰刀！

谁有你的根底艰难贫苦啊，

你从那紫色的岩上挺起了腰；

即使是裸露着的根须，

也把山岩紧紧地拥抱！

你的雄姿像千古高峰不动摇，

每一根针叶都闪烁着骄傲；

那背阳的阴处，你横眉怒扫，

向着阳光，你迸出劲枝万千条！

啊，黄山松，我热烈地赞美你，

我要学你艰苦奋战，不屈不挠；

看！在这碧紫透红的群峰之上，

你像昂扬的战旗在呼啦啦地飘。

（发表于《诗刊》1963年第1期）

苜蓿草

宫　玺①

我从边远的军营，

回到久别的故乡，

看望年老的母亲，

寻找童年的时光。

母亲笑指窗外的花圃，

问我有没有遗忘。

啊，我从花丛里看见你了，

苜蓿草啊，我童年的食粮！

我熟悉你细密的绿叶和紫色的小花，

---

① 宫玺（1932—2022），原名宫垂玺，山东青岛人。1951年
　参军。曾任上海文艺出版社二编室副主任等。

熟悉你耐寒耐涝的形象；

你的绿叶把我拉回那动乱的年月，

你的紫花又掀开那一片荒凉！

我们肥沃的田野被鬼子霸占了，

不种谷子，也不种高粱；

种的是大片大片的苜蓿草，

把鬼子的高头大洋马饲养。

啊，难道我们不如鬼子一匹马？

中国的土地是畜牲撒野的地方？

怒火燃烧着年轻人复仇的心，

一个个拿起铁枪长矛展开反抗。

我们把仅有的粮食送给自己的队伍，

苜蓿草，就是我们的食粮；

拌上对敌的仇恨，搅着胜利的希望，

我觉得呀，越嚼越香！

我吃了多少苜蓿草？

苜蓿草给了我多少营养?

母亲啊，我只看到，

您红润的脸，一天天瘦黄。

烽火的年月啊饥饿的年月，

什么样的树叶、野草我们没尝?

鬼子终于被赶跑了，

肥沃的田野啊，又罩起茫茫青纱帐……

年老的母亲不忘旧，

在窗外栽一丛苜蓿草当花赏;

如今她让我看一看苜蓿草，

啊，我找回了逝去的童年时光!

你开着紫色小花的苜蓿草啊，

我记忆中香喷喷的苜蓿草啊，

随我到边远的军营去吧，

让你长在我哨位旁、长在我心上!……

（发表于《诗刊》1963年第11期）

电焊工

路　遥[1]

脚下千里灯河，

头上万里星空，

高高脚手架上，

活跃着我们电焊工。

小小的焊枪，

喷发着我们火样的热情；

面对着飞扬的火花啊，

心头荡起了热浪层层！

从草地的篝火，

想到了枣园的油灯；

从淮海战役的光网，

---

① 路遥（1949—1992），原名王卫国，陕西清涧人。曾任中国作协陕西分会党组成员、副主席。长篇小说《平凡的世界》获第三届茅盾文学奖。

想到了天安门礼花的缤纷……

我们啊！

心中常有万里长征，

眼前永亮一盏明灯，

掂一掂手中的焊枪，

我们知道它的分量有多重！

面对万里星空，

遥望千里灯河，

祖国啊！

我们向您保证：

用我们的焊枪和心血，

为您涂彩绘金，

让您更加年轻！

（选自《延安山花》，陕西人民出版社1972年出版）

辑

三

祖国啊，我亲爱的祖国

舒　婷①

我是你河边上破旧的老水车，

数百年来纺着疲惫的歌；

我是你额上熏黑的矿灯，

照你在历史的隧洞里蜗行摸索；

我是干瘪的稻穗；是失修的路基；

是淤滩上的驳船

把纤绳深深

　　勒进你的肩膊；

——祖国啊！

___

① 舒婷，1952年生，原名龚佩瑜，福建泉州人。"朦胧诗派"
　代表性诗人之一。现任厦门市文联主席。曾参加《诗刊》社
　首届青春诗会。诗集《双桅船》获首届全国优秀新诗（诗
　集）奖（1979—1982）。

我是贫困，

我是悲哀。

我是你祖祖辈辈

     痛苦的希望啊，

是"飞天"袖间

千百年未落到地面的花朵；

——祖国啊！

我是你簇新的思想，

刚从神话的蛛网里挣脱；

我是你雪被下古莲的胚芽；

我是你挂着眼泪的笑涡；

我是新刷出的雪白的起跑线；

是绯红的黎明，

     正在喷薄；

——祖国啊！

我是你十亿分之一，

是你九百六十万平方的总和；

你以伤痕累累的乳房，

喂养了

迷惘的我、深思的我、沸腾的我；

那就从我的血肉之躯上

去取得

你的富饶、你的荣光、你的自由；

——祖国啊，

我亲爱的祖国！

1977年7月25日作

（发表于《诗刊》1979年第7期）

一九七八年的春天（外一首）

李　瑛①

当残雪融化，枯草间露出一丝鹅黄，

我听到蓬勃的春天在那里歌唱，

又一阵暴风雪已经过去，

天空射下灿烂的阳光。

无论是九天惊雷，还是春潮汛涨，

都抵不过我们战斗生活的喧响；

听，一粒粒萌生的种子在召唤明天，

千山万水间，呈现出何等繁忙的景象！

一切是这样动人，满含生机，

---

① 李瑛（1926—2019），河北丰润人。毕业于北京大学中文系。曾任第四野战军南下新闻队队长、总政文化部部长等职。诗集《生命是一片叶子》获首届鲁迅文学奖。

一切是这样富于理想和力量，

一切是这样无愧于伟大的时代和祖国，

呵，每分每秒，都充满热，都充满光！

（发表于《诗刊》1978年第2期）

我骄傲，我是一棵树

一

我骄傲，我是一棵树，

我是长在黄河岸边的一棵树，

我是长在长城脚下的一棵树；

我能讲许多许多的故事，

我能唱许多许多支歌。

山教育我昂首屹立，

我便矢志坚强不渝；

海教育我坦荡磅礴，

我便永远正直地生活；

条条光线，颗颗露珠，

赋予我美的心灵；

熊熊炎阳，茫茫风雪，

铸就了我斗争的品格；

我拥抱着

自由的大气和自由的风，

在我身上，

意志、力量和理想，

紧紧地，紧紧地融合。

我是广阔田野的一部分，大自然的一部分，

我和美是一个整体，不可分割；

我属于人民，属于历史，

我渴盼整个世界

都作为我们共同的祖国。

二

无论是红色的、黄色的、黑色的土壤，

我都将顽强地、热情地生活。

哪里有孩子的哭声，我便走去，

用柔嫩的枝条拥抱他们，

给他们一只只红艳艳的苹果；

哪里有老人在呻吟，我便走去，

拉着他们黄色的、黑色的、白色的多茧的手，

给他们温暖，使他们欢乐。

我愿摘下耀眼的星星，

给新婚的嫁娘，

做她们闪光的耳环；

我要挽住轻软的云霞，

给辛勤的母亲，

做她们擦汗的手帕。

雨雪纷飞——

我伸展开手臂，覆盖他们低矮的小屋，

做他们的伞，

使每个人都有宁静的梦；

月光如水——

我便弹响无弦琴，

抚慰他们劳动回来的疲倦的身子，

为他们唱歌。

我为他们抗击风沙，

我为他们抵御雷火。

我欢迎那样多的小虫——

小蜜蜂、小螳螂，

和我一起玩耍；

我拥抱那样多的小鸟——

长嘴的、长尾巴的、花羽毛的小鸟，

在我的肩头做窠……

我幻想：有一天，

我能流出奶，流出蜜，

甚至流出香醇的酒，

并且能开出

各种色彩、各种形状、各种香味的

花朵……

而且我幻想：

我能生长在海上，

我能生长在空中，

或者生长在不毛的

戈壁荒滩、瀚海沙漠；

既然那里有——

粗糙的手，黝黑的背脊，闪光的汗珠，

我就该到那里去，

做他们的仆人，

我知道该怎样认识自己，

怎样为使他们愉快地生活、工作……

我相信总有一天，

我将再也看不见——

饿得发蓝的眼睛，

抽泣时颤动的肩膀，

以及浮肿得变形的腿、脚和胳膊……

人民啊，如果我刹那间忘却了你，

我的心将枯萎，

像飘零的叶子，

在风中旋转着

沉落……

三

假如有一天，我死去

我便平静地倒在大地上。

我的年轮里有——

我的记忆、我的懊悔、我的梦的颜色，

我经受的隆隆的暴风雪的声音，

我脚下的小溪淙淙流响的歌；

甚至可以发现

熄灭的光、熄灭的灯火，

和我引为骄傲的幸福和欢乐……

那是我对泥土的礼赞，

那是我对大地的感谢；

如果你俯下身去，会听见，

我的每一个细胞都在轻轻地说：

让我们尽快变成煤炭，

——沉积在地下的乌黑的煤炭，

为的是将来献给人间——

纯洁的光，

炽烈的热。

1980年3月作于北京

（发表于《诗刊》1980年第5期）

边界望乡

洛　夫[①]

说着说着

我们就到了落马洲

雾正升起，我们在茫然中勒马四顾

手掌开始出汗

望远镜中扩大数十倍的乡愁

乱如风中的散发

当距离调整到令人心跳的程度

一座远山迎面飞来

把我撞成了

严重的内伤

---

① 洛夫（1928—2018），原名莫洛夫，生于湖南衡阳。中国台湾
著名诗人。1954年与痖弦、张默共同创办《创世纪》诗刊并
任总编辑多年。曾任教于东吴大学外文系。

病了病了

病得像山坡上那丛凋残的杜鹃

只剩下唯一的一朵

蹲在那块"禁止越界"的告示牌后面

咯血。而这时

一只白鹭从水田中惊起

飞越深圳

又猛然折了回来

而这时，鹧鸪以火发音

那冒烟的啼声

一句句

穿透异地三月的春寒

我被烧得双目尽赤，血脉偾张

你却竖起外衣的领子，回头问

我冷，还是

不冷？

惊蛰之后是春分

清明时节也不远了

我居然也听懂了广东的乡音

当雨水把莽莽大地

译成青色的语言

喏！你说，福田村再过去就是水围

故国的泥土，伸手可及

但我抓回来的仍是一掌冷雾

1979年6月3日作

后记：1979年3月中旬应邀访港，16日上午余光中兄亲
自开车陪我参观落马洲之边界，当时轻雾氤氲，
望远镜中的故国山河隐约可见，而耳边正响起数
十年未闻的鹧鸪啼叫，声声扣人心弦，所谓"近
乡情怯"，大概就是我当时的心境吧。

（选自《洛夫·世纪诗选》，尔雅出版社有限公司2000年
出版）

长城谣

席慕蓉①

尽管城上城下争战了一部历史

尽管夺了焉支又还了焉支

多少个隘口有多少次悲欢啊

你永远是个无情的建筑

蹲踞在荒莽的山巅

冷眼看人间恩怨

为什么唱你时总不能成声

写你不能成篇

而一提起你便有烈火焚起

火中有你万里的躯体

---

① 席慕蓉，1943年生，原名穆伦·席连勃，蒙古族，出生于
重庆。中国台湾画家、诗人、散文家。曾任台湾新竹师范学
院及东海大学美术系教授。

有你千年的面容

有你的云　你的树　你的风

敕勒川　阴山下

今宵月色应如水

而黄河今夜仍然要从你身旁流过

流进我不眠的梦中

1979年作

（选自《七里香》，作家出版社2010年出版）

月亮，月亮，请你告诉我

曾　卓[1]

月亮天上走，

我在地下走，

月亮和我是好朋友。

月亮向我微微笑，

我对月亮招招手。

月亮，月亮，你下来，

没有桥，没有路，

你顺着月光的小河流下来，

来到我家大门口，

---

[1]　曾卓（1922—2002），原名曾庆冠，湖北黄陂人。"七月诗派"代表性诗人之一。曾任武汉市文联副主席等。诗集《老水手的歌》获第二届全国优秀新诗（诗集）奖（1983—1984）。

我敬个礼，拍拍手，

欢迎远方的好朋友。

月亮，月亮，请你告诉我：

天上的云彩有多少片？

天上的星星有多少颗？

你在天上寂寞不寂寞？

你对大地低声唱的是什么歌？

月亮，月亮，再请你告诉我：

哪儿的森林永不老？

哪儿的花朵开不败？

哪儿的少年比我们更快乐？

哪儿比我的祖国更可爱？

（发表于《诗刊》1980年第5期）

纪念碑

江　河①

我常常想

生活应该有一个支点

这支点

是一座纪念碑

天安门广场

在用混凝土筑成的坚固底座上

建筑起中华民族的尊严

纪念碑

历史博物馆和人民大会堂

像一台巨大的天平

---

① 江河，1949 年生，原名于友泽，北京人。"朦胧诗派"代表
性诗人之一。

一边

是历史，是昨天的教训

另一边

是今天，是魄力和未来

纪念碑默默地站在那里

像胜利者那样站着

像经历过许多次失败的英雄

在沉思

整个民族的骨骼是他的结构

人民巨大的牺牲给了他生命

他从东方古老的黑暗中醒来

把不能忘记的一切都刻在身上

从此

他的眼睛关注着世界和革命

他的名字叫人民

我想

我就是纪念碑

我的身体里垒满了石头

中华民族的历史有多么沉重

我就有多少重量

中华民族有多少伤口

我就流出过多少血液

我就站在

昔日皇宫的对面

那金子一样的文明

有我的智慧，我的劳动

我的被掠夺的珠宝

以及太阳升起的时候

琉璃瓦下紫色的影子

——我苦难中的梦境

在这里

我无数次地被出卖

我的头颅被砍去

身上还留着锁链的痕迹

我就这样地被埋葬

生命在死亡中成为东方的秘密

但是

罪恶终究会被清算

罪行终将会被公开

当死亡不可避免的时候

流出的血液也不会凝固

当祖国的土地上只有呻吟

真理的声音才更响亮

既然希望不会灭绝

既然太阳每天从东方升起

真理就把诅咒没有完成的

留给了枪

革命把用血浸透的旗帜

留给风，留给自由的空气

那么

斗争就是我的主题

我把我的诗和我的生命

献给了纪念碑

（发表于《诗刊》1980年第10期）

信 念

罗 洛[①]

信念是一株树

一株坚强的高山柏

在险峻的群峰中

高山柏站在崖层上

长年不息的风

像无数发怒的雄狮

向它奔袭而来

高山柏站立着

不弯腰，不屈膝

---

① 罗洛（1927—1998），原名罗泽浦，四川成都人。历任中国
科学院西北高原生物研究所副所长，中国科学院兰州图书馆
馆长，中国大百科全书出版社副总编辑及上海分社党委书
记、社长、总编辑等。曾任上海市作协主席。

它的带着绿叶的树梢

向上扬起

在它头上

是祖国的蓝天

在它脚下

是祖国的崖层

它的根牢牢地

扎在崖层深处

信念是一株树

一株坚强的高山柏

永远站立在

坚实的崖层上

1980年作

（选自《阳光与雾》，黑龙江人民出版社1983年出版）

我是青年

杨　牧[1]

　　作者自我简介：生于1944年，36岁，属猢狲。因
久居沙漠，前额已刻有三道长纹并两道短纹；因脑血
热，额顶已秃去25%左右的头发。

人们还叫我青年……

哈……我是青年！

我年轻啊，我的上帝！

感谢你给了我一个不出钢的熔炉，

把我的青春密封、冶炼；

感谢你给了我一个冰箱，

---

①　杨牧，1944年生，四川渠县人。历任新疆兵团、新疆维吾
　　尔自治区文联副主席，《绿风》诗刊主编，四川省作协副主
　　席、党组副书记，《星星》诗刊主编。诗歌《我是青年》获
　　全国中青年诗人优秀新诗奖（1979—1980）。

把我的灵魂冷藏、保管；

感谢你给了我烧山的灰烬，

把我的胚芽埋在深涧；

感谢你给了我理不清的蚕丝，

让我在岁月的河边作茧。

所以我年轻——当我的诗句

　　出现在人们面前的时候，

竟像哈萨克牧民的羊皮口袋里

　　发酵的酸奶子一样新鲜！

……哈，我是青年！

我年轻啊，我的胡大！

就像我无数年轻的同伴——

青春曾在沙漠里丢失，

只有叮咚的驼铃为我催眠；

青春曾在烈日下曝晒，

只留下一个难以辨清滋味的杏干。

荒芜的秃额，也许正是早被弃置的土丘，

弧形的皱纹，也许是随手划出的抛物线。

所以我年轻——当我们回到

　　春天的时候，

你看看我，我看看你，

哈……我们都有了一代人的特点！

我以青年的身份

参加过无数青年的会议，

老实说，我不怀疑我青年的条件。

三十六岁，减去"十"，

正好……不，团龄才超过仅仅一年！

《呐喊》的作者

　　　那时还比我们大呢；

比起长征途中那些终身不衰老的

　　　年轻的战士，

我们还不过是"儿童团"！

……哈，我是青年！

嘲讽吗？那就嘲讽自己吧，

苦味儿的辛辣——带着咸。

祖国哟！

是您应该为您这样的儿女痛楚，

还是您的这样的儿女

　　　应该为您感到辛酸？

我，常常望着天真的儿童，

素不相识，我也抚抚红润的小脸。

他们陌生地瞅着我，歪着头，

像一群小鸟打量着一个恐龙蛋。

他们走了，走远了，

　　也许正走向青春吧，

我却只有心灵的脚步微微发颤……

……不！我得去转告我的祖国：

世上最为珍贵的东西，

莫过于青春的自主权！

我爱，我想，但不嫉妒。

我哭，我笑，但不抱怨。

我羞，我愧，但不自弃。

我怒，我恨，但不悲叹。

既然这个特殊的时代

　　酿成了青年特殊的概念，

我就要对着蓝天说：我是——青年！

我是青年——

我的血管永远不会被泥沙堵塞；

我是青年——

我的瞳仁永远不会拉上雾幔。

我的秃额，正是一片初春的原野，

我的皱纹，正是一条大江的开端。

我不是醉汉，我不愿在白日说梦；

我不是老妇，絮絮叨叨地叹息华年；

我不是猢狲，我不会再被敲锣者戏耍；

我不是海龟，昏昏沉睡而益寿延年。

我是鹰——云中有志！

我是马——背上有鞍！

我有骨——骨中有钙！

我有汗——汗中有盐！

祖国啊！

既然您因残缺太多

　　把我们划入了青年的梯队，

我们就有青年和中年——双重的肩！

（发表于《诗刊》1980年第12期）

假如……

顾　城[①]

假如钟声响了

就请用羽毛

把我安葬

我将在冥夜中

编织一对

巨大的翅膀

在我眷恋的祖国上空

继续飞翔

1981年2月作

（选自《顾城的诗》，人民文学出版社2012年出版）

---

① 　顾城（1956—1993），北京人，"朦胧诗派"代表性诗人之
　　一。曾参加《诗刊》社首届青春诗会。曾被聘为奥克兰大学
　　亚语系研究员。

写给当炮兵的儿子

丁　芒[①]

信里先不寄家乡一撮土，

也不寄亲友故旧的叮咛，

不寄屋前杏花三两瓣，

不寄水井旁的笑语殷殷。

既然跨出了家乡的门槛，

既然帽子缀上了红星，

你还是收拾起纤细的锚链，

把心儿碇泊在祖国边境。

---

① 丁芒（1925—2024），江苏南通人。1946年参加新四军。历任独立十旅、华野十二纵队、解放军第三十军及海军政治部前线记者、编辑，《人民海军》报编辑组长，总政治部《解放军战士》编辑，江苏文艺出版社编辑等。

我只寄你一缕硝烟，

和电一样的刀光，霞一样的血影

寄给你，我的战友的雄姿

寄给你，战壕里泥土的温馨。

把还在燃着的青春的记忆，

把闪耀着壮岁风华的梦境，

把囊括我一生的巨大的爱情，

寄给你，作为父亲的礼品！

也寄给你春天的溪流，

饮饱冰雪的柳芽已经发青，

寄给你雷霆似的脚步，

寄给你汗气熏蒸的白云。

把涌流在土地上的金黄的蜜，

把烟囱向天空喷吐的欢欣，

把重新出现的战争年代的信念，

寄给你，作为祖国的关情。

让你去把握革命未来的节奏，

让你去呼吸时代飞进的火星，

让辽阔的国土贴紧你的胸膛，

让千山万水都来向你叮咛。

你再去寻觅家乡的云树，

像从百花园中采一朵芳馨，

你才会有深沉壮阔的爱，

激发你炮弹样饱孕着的热情！

（发表于《解放军文艺》1981年第5期）

祖国，我是永远属于你的

辛　笛[①]

我把你大块大块地

含在嘴里，

就像是洁白如玉的油脂一样，

生怕它溶化了，

因为你是属于我的！

看见有人用手指指着你讲话，

我就生怕你遭受伤残，

就像手指要戳进我的眼珠，

我是爱护眼珠一样在爱护你，

因为你是属于我的！

---

① 辛笛（1912—2004），原名王馨迪，江苏淮安人。"九叶诗派"代表性诗人之一。毕业于清华大学外文系。曾任中国作协上海分会副主席等。

我的脉管流着你热乎乎的血液，

我的心胸燃烧着你长征的火炬，

我的每一粒细胞都沉浸着幸福，

我的每一根神经都弹奏着尊严，

我是个百分之百的中国人，

在金不换的愉快中，

我从来没有想到什么叫作卑微！

我爱你爱得这样深沉，

我爱你爱得这样热烈，

即便是在那些田野间劳动

而黑云压城城欲摧的日子里，

我心的深处还是从不间断地

闪耀着你的光辉！

祖国，你好伟大啊！

经历过千百年来

多少次尘世的劫火，

终于断然战胜的毕竟是光明，

而决不是黑暗！

你是永远原谅自己的儿女的，

你抚摩着伤口，揩干了身上的血迹，

却仍自昂然挺进，

你是一个超越世世代代的巨人！

人民能够没有祖国吗？

那不就变成了一群可悲的奴隶！

祖国能够没有人民吗？

那不就变成了古代的巴比伦，全部写进了历史！

人民不能没有祖国，

有祖国才有人民！

祖国没有一个我，

会感觉到丢失了什么吗？

不过是古往今来、亿万分之一的沙砾！

可是，如果我失去了祖国，

那不就要变成一只哀苦伶仃的孤雁？

我就更会像初生儿失去了哺乳的母亲，

感到饥火中烧，热辣辣一样的灼肤之痛！

呵，祖国和我何曾一时一刻容许分离！

祖国，让我展开双臂，

虔诚地拥抱起你脚下的大地，

但是，九百六十万平方公里是何等地广袤辽阔呵，

我掬起的只能是一把你的又肥沃又香甜的黑土，

放进我背上的行囊，

然后向你坦荡的心怀走去，

大声地说：

祖国，你是属于我的，

同样，我是永远属于你的

——一个忠诚的儿子！

（选自《辛迪诗稿》，人民文学出版社 1983 年出版）

划呀，划呀，父亲们！

——献给新时期的船夫

昌　耀[①]

自从听懂波涛的律动以来，

我们的触角，就是如此确凿地

感受着大海的挑逗：

　　——划呀，划呀，

　　父亲们！

我们发祥于大海。

我们的胚胎史，

也只是我们的胚胎史——

---

① 昌耀（1936—2000），原名王昌耀，湖南桃源人。1950 年
赴朝鲜参加抗美援朝战争，1953 年负伤致残。1955 年赴青
海参加大西北开发。曾任青海省作协副主席、荣誉主席等。

展示了从鱼虫到真人的演化序列。

蜕尽了鳍翅。

可是，我们仍在韧性地划呀。

可是，我们仍在拼力地划呀。

我们是一群男子。是一群女子。

是为一群女子依恋的

一群男子。

我们摇起棹橹，就这么划，就这么划。

在天幕的金色的晨昏，

众多仰合的背影

有庆功宴上骄军的醉态。

我们不至于酩酊。

最动情的呐喊

莫不是

我们沿着椭圆的海平面

一声向前冲刺的

嗥叫？

我们都是哭着降临到这个多彩的寰宇。

后天的笑，才是一瞥投报给母亲的慰安。

——我们是哭着笑着

从大海划向内河，划向洲陆……

从洲陆划向大海，划向穹隆……

拜谒了长城的雉堞。

见识了泉州湾里沉溺的十二桅古帆船。

狎弄过春秋末代的编钟。

我们将钦定的史册连根儿翻个。

从所有的器物我听见逝去的流水。

我听见流水之上抗逆的脚步。

　　——划呀，父亲们，

　　划呀！

还来得及赶路。

太阳还不见老，正当中年。

我们会有自己的里程碑。

我们应有自己的里程碑。

可那旋涡，

那狰狞的弧圈，

向来不放松对我们的跟踪，

只轻轻一扫

就永远地卷去了我们的父兄，

把幸存者的脊椎

扭曲。

　　　　大海，我应诅咒你的暴虐。

　　　　但去掉了暴虐的大海不是

　　　　大海。失去了大海的船夫

　　　　也不是

　　　　船夫。

于是，我们仍然开心地燃起爝火。

我们依然要怀着情欲剪裁婴儿衣。

我们昂奋地划呀……哈哈……划呀

　　　　……哈哈……划呀……

是从冰川期划过了洪水期。

是从赤道风划过了火山灰。

划过了泥石流。划过了

原始公社的残骸，和

生物遗体的沉积层……

我们原是从荒蛮的纪元划来。

我们造就了一个大禹，

他已是水边的神。

而那个烈女

变作了填海的精卫鸟。

预言家已经不少。

总会有橄榄枝的土地。

总会冲出必然的王国。

但我们生命的个体都尚是阳寿短促，

难得两次见到哈雷彗星。

当又一个旷古后的未来，

我们不再认识自己变形了的子孙。

可是，我们仍在韧性地划呀。

可是，我们仍在拼力地划呀。

在这日趋缩小的星球，

不会有另一条坦途。

不会有另一种选择。

除了五条巨大的舳舻，

我只看到渴求那一海岸的

船夫。

只有啼呼海岸的呐喊

沿着椭圆的海平面

组合成一支

不懈的

嗥叫。

大海，你决不会感动。

而我们的桨叶也决不会喑哑。

我们的婆母还是要腌制过冬的咸菜。

我们的姑娘还是烫一个流行的发式。

我们的胎儿还是要从血光里

临盆。

……今夕何夕？

会有那么多临盆的孩子？

我最不忍闻孩子的啼哭了。

但我们的桨叶绝对地忠实。

就这么划着。就这么划着。

就这么回答着大海的挑逗：

——划呀，父亲们！

父亲们！

父亲们！

我们不至于酩酊。

我们负荷着孩子的哭声赶路。

在大海的尽头

会有我们的

笑。

1981年10月6日—29日作

（发表于《诗刊》1982年第10期）

我们是大运河的子孙

刘祖慈[1]

我们是大运河的子孙。

告别祖先传下的雕梁画栋的殿宇,

晨钟暮鼓的紫禁城,

提笼架鸟的贵胄子弟,

风沙中卖糖葫芦人浑浊的眼睛,

以及祈年殿上古老的祝词,

回音壁前历史的沉吟……

我们赤着脚,肩背纤绳,

高高的堤岸举着我们。

---

[1] 刘祖慈(1939—2021),安徽肥西人。曾任《诗歌报》执行编委兼编辑部主任,安徽文学院院长等。诗歌《为高举的和不举的手臂歌唱》获全国中青年诗人优秀新诗奖(1979—1980)。

我们是大运河的子孙。

穿过坦荡如砥的平原，

带着盐碱窝里泛起的苦霜，

抚平沧州古代配军的遗恨。

我们要用白洋淀上好的芦苇，

编一幅有现代花纹的席垫，

制作最精美的苇哨，

回忆当年雁翎队快乐的鸟鸣。

饱蘸华北油田喷涌的原油——

我们古老土地里奔流的血液，

点燃一支支照天烛地的火炬，

穿过眼前的风雨和泥泞。

我们是大运河的子孙。

临清南段的淤塞是历史的心病。

我们渴望沟通和交流，渴望疏浚。

我们要和黄河汇合，在古航道上，

激起新的浪花，新的涛声。

黄河的故事比泥沙还多哟，

他拜别满头白雪的昆仑，

曾在西北高原迂回、切割、穿行，

以他无可阻挡的浩浩洪流，

劈开人门、鬼门、神门！

我们是大运河的子孙。

祖先血肉模糊的肩膊上，

杨广楼船烙下沉痛的纤痕。

他们死了。留下不死的大运河，

和永远不死的春天的桃花汛。

拨响微山湖所有的土琵琶吧，

让我们唱一曲新的大风歌，

祭奠淮海黄土下的英灵：

他们的事业，岂能梦坠青云？

不要为沼泽的泥污所困扰，

不要为曾经的搁浅而伤心，

不要叹息，不要抱怨，不要消沉，

我们的船，全靠他们！

我们是大运河的子孙。

终于看见长江了，

破雾而来，像御风飞舞的飘带，

中国，你这新时代的飞天女神。

我们从姑苏城下走过，

不是为听寒山寺晚祷的钟声。

我们要在烟波浩渺的太湖里沐浴，

洗去长途跋涉的一身汗尘，

穿起用彩霞裁剪的新装，

搅动南湖烟雨楼前伟大的橹柄。

我们是大运河的子孙。

江南，飞红点翠的沃土啊，

扑进你的怀中，我们热泪滚滚。

你丝织厂的每一台织机，

都在编织我们辉煌灿烂的远景。

我们期待钱塘江八月的大潮，

用杭州湾这个喇叭口，

唱出响彻云霄的歌声。

不要为雷峰塔已经倒塌而惋惜，

君不见在雷峰塔的废墟上，

正站立中国一代巨人的身影！

我们是大运河的子孙。

1981年3月28日作

（选自《我们是大运河的子孙》，江苏人民出版社1983年
出版）

父母之河

雷抒雁[①]

我在繁华喧嚣的都市

突然思念黄河

那是条从冰雪洪荒中

　　流来的河

是从沙漠黄土中

　　流过的河

那条河，像大树的巨根

　　向四周伸出万千根须……

泥黄色的河水

以粗犷的喉咙

---

① 雷抒雁（1942—2013），陕西泾阳人。曾任《诗刊》社副主编，鲁迅文学院常务副院长等。诗集《父母之河》获第二届全国优秀新诗（诗集）奖（1983—1984）。

唱着雄浑的歌

唱着千百万年

  短促的岁月

唱着千百万年

  激荡的生活

我是从爷爷那布满皱褶的脸上

  认识这条河的

那被风的雕琢、汗的冲刷

刻出深深的沟壑

刻出流淌苦涩命运的河床

流淌着太阳的火

从爷爷青筋纵横的手背上

  我也认识了这条河

那是勤劳和负担

所扭结的曲折

那是野菜和粗粮

所酿造的浑浊

那里，流淌着因为压榨

  而不平的沉默

我的黄河水

不是从天上来的

是从母亲们干瘪的乳房里

一点一滴挤出来的

是从战乱和灾难的伤口里

一股一股流出来的

是没有光亮的热

从冰川上融化而来的

是无言的痛苦和无言的欢乐

从眼角上涌流而来的……

当我还在母腹蠕动之时

黄河之水，就通过脐带

　　　进入我的血管

　　　进入我的生命

　　　进入我未来的第一声哭叫

　　　进入我即将感知世界的大脑和眼睛

　　　……

黄河呵，哺育了我们的河呵

我想，我的血管

不过是你一脉小小的支流

那里，日夜回响着你的叮嘱

你的河面上缓缓飘散的晨雾

曾从我的嘴巴轻轻地吐出

傍晚，滑进你河心的落日

便是沉浸在我的心头

一捧泥土，一捧泥土

你铺就一片平原，又一片平原

也铺就我胸脯强健的肌肉……

我曾长时间生活在黄河之滨

用那泥黄的河水洗涤灵魂

洗涤动乱在我心头留下的创伤

洗涤粗糙的锄柄在我掌心磨下的血泡

洗涤被汗碱模糊了的眼镜

洗涤被扁担磨破了的衣衫……

我引来你浑浊的水

一次一次浇灌我撒下的种子

一次一次浇灌我插下的绿秧

浇灌我不甘心荒芜的青春

浇灌我永不抛弃的信念

浇灌我固执的期待

以及我关于生活的幼稚而朴素的

预言……

那时，左边是蜿蜒曲折的长城

像瘦削的脊骨

横在荒凉与繁荣的边缘

右边，便是你，黄河

日夜汩汩流淌着的血管

白浪滔天的洪水季节

船只胆怯地躲上了岸

我的羊皮筏子却像奔马

跳跃在你的浪尖

头戴白帽的回族船夫

唱着古老的号子

古老的号子送我到达彼岸

在那浪峰上

跳荡着我年轻的心

跳荡着我毕生难以忘怀的惊险

黄河呵，我是你永远的孩子

你用颠簸的摇篮

教给我生活，教给我勇敢

教给我在动荡中寻找平衡

教给我在迷茫中寻找罗盘……

我的黄河呵，躺在你身边

五月，塞外迟到的春天

我躺在柔软的草地上

续写父辈艰辛的诗篇

眼前，是一朵一朵金黄的小花

是唱不厌的爱情之歌

头顶，是空阔高远的蓝天

是思不尽的哲学书卷

仰望云朵悠悠的流逝

我像看见一条黄色的巨龙

在云团中盘桓

时间凝固了

一百年，又一百年

像蜻蜓默默地栖落在草尖

都市的层楼里

再没有了黄河

没有了那荒草杂树

没有了那深夜里不息的呐喊

四月的风携带着细沙

突然把我的门窗摇撼

我才想起黄河

想起那卷着泥沙的河水拍打堤岸

当绿树像火把

突然在路边点燃

当红润的苹果，金黄的梨子

在街头突然出现

我才想起黄河

想起那血和汗的浇灌……

黄河呵，我的黄河

在都市的繁华和喧腾中

我挤出一片宁静

悄悄把你思念

我突然感到

感到一种只有游子才有的

甩不掉的疚愧和眷恋

难道能忘记黄河吗?

我想，纵然我会走遍整个地球

我的脚印会踏上每一块大陆

我会看见红色的海，绿色的河

或者，使我兴奋的陌生的山

但是，只要一低头

我就断不了对黄河的思念

阳光般温柔

黄金般闪亮

泥土般和谐

秋天般饱满……

我的肤色

是黄河的颜色

黄河——

父母之河啊!

黄河……

1982年4月春风中作

(选自《父母之河》,人民文学出版社1984年出版)

就是那一只蟋蟀

流沙河①

台湾诗人余光中说："在海外，夜间听到蟋蟀叫，就会以为那是在四川乡下听到的那一只。"

就是那一只蟋蟀

钢翅响拍着金风

一跳跳过了海峡

从台北上空悄悄降落

落在你的院子里

夜夜唱歌

就是那一只蟋蟀

在《豳风·七月》里唱过

---

① 流沙河（1931—2019），原名余勋坦，四川金堂人。1957年参与创办《星星》诗刊。《故园九咏》获全国中青年诗人优秀新诗奖（1979—1980）。

在《唐风·蟋蟀》里唱过

在《古诗十九首》里唱过

在花木兰的织机旁唱过

在姜夔的词里唱过

劳人听过

思妇听过

就是那一只蟋蟀

在深山的驿道边唱过

在长城的烽台上唱过

在旅馆的天井中唱过

在战场的野草间唱过

孤客听过

伤兵听过

就是那一只蟋蟀

在你的记忆里唱歌

在我的记忆里唱歌

唱童年的惊喜

唱中年的寂寞

想起雕竹做笼

想起呼灯篱落

想起月饼

想起桂花

想起满腹珍珠的石榴果

想起故园飞黄叶

想起野塘剩残荷

想起雁南飞

想起田间一堆堆的草垛

想起妈妈唤我们回去加衣裳

想起岁月偷偷流去许多许多

就是那一只蟋蟀

在海峡那边唱歌

在海峡这边唱歌

在台北的一条巷子里唱歌

在四川的一个乡村里唱歌

在每个中国人脚迹所到之处

处处唱歌

比最单调的乐曲更单调

比最谐和的音响更谐和

凝成水

是露珠

燃成光

是萤火

变成鸟

是鹧鸪

啼叫在乡愁者的心窝

就是那一只蟋蟀

在你的窗外唱歌

在我的窗外唱歌

你在倾听

你在想念

我在倾听

我在吟哦

你该猜到我在吟些什么

我会猜到你在想些什么

中国人有中国人的心态

中国人有中国人的耳朵

1982年7月10日作于成都《星星》诗刊杂志社

（选自《七家诗选》，中国友谊出版公司1993年出版）

江　流

屠　岸[①]

从北方大城飞向南方大城,

飞越千重山、万重山,在祖国上空。

云影轻移在舷窗像江河奔腾。

我俯视,寻找跃动的流水和山峰。

秦岭、巴山,黄色和绿色交替;

四川盆地盛一碗白云如棉絮。

长江在哪里发源?在天的边际?

有细流在万山丛中向东方奔去。

它蜿蜒,时而南下,时而北上,

① 屠岸(1923—2017),原名蒋璧厚,江苏常州人。曾仕人民
　文学出版社总编辑等。译著《济慈诗选》获第二届鲁迅文学
　奖全国优秀文学翻译彩虹奖。

艰难地一步一回头，向前行进；

穿过千重山、万重山，葱郁和苍茫；

我惊奇，有时候它竟然向西方回程。

江流九曲，终于向东海驰骤，

历史的逆流只能是顺流的前奏。

（发表于《诗刊》1982年第10期）

最好的早晨

苏金伞①

随着一轮巨大的红日，

跃出一个辉煌的早晨。

群山像刚从地下钻出，

又猛然耸入天外

鲜丽得使人感到陌生，

梦幻般闪耀着千万种色彩。

河流挣脱冰雪，冲出峡谷，

在空阔的天地间奔泻；

泻进人们的血液，

---

① 苏金伞（1906—1997），原名苏鹤田，河南睢县人。曾任河
南省文联第一任主席。

泻进人们的心怀。

欢乐无羁的莽莽麦野，

到处追逐着绿色的晨风；

农民是这样认真耕作，

从汗珠里溢出笑容。

在太阳的记忆里，

这是最好的早晨。

（选自《苏金伞诗选》，人民文学出版社1983年出版）

殷 实

王燕生①

穿过干牛粪堆成的院墙，

主人把我领进储藏室里。

让我看一看放牧的艰辛，

看一看垒叠在一起的欢喜。

一团团毛线，

一张张羊皮，

还有捻动的一个个昏晓，

还有鞣制时一颗颗汗滴……

都储存在一起了，

和踏实储存在一起！

---

① 王燕生（1934—2011），山东临沂人。1950年参军。曾任
《诗刊》编辑室副主任等。

那鼓鼓胀胀的是酥油吧？
食品和光源都灌在牛羊胃里：
一个、两个，七个、八个，
还可以匀出点供奉给神祇。

这一个个麻袋里装的什么？
我摸着，摸着饱满的颗粒，
不必打开看了，
它已暴露了真实的秘密。

我不知道你还需要些什么。
畜群年年繁殖着幼畜，
牧草岁岁萌发出新绿，
你的爱情、你的欢乐，
不需要到梦幻中索取。

"日子比前两年好过多了。"
你的眼神用不着翻译。
像咀嚼着一截甘草，

不是糖，却调理虚弱的胃脾……

一间二十平米的储藏室，

终于填补了岁月的空虚，

何况那古铜色的胸脯，

储藏着用不完的力气。

让我说声"扎西德勒①"，

祝福你，祝福金风送暖的牧区！

(发表于《诗刊》1983年第2期)

---

① 扎西德勒：藏语，意为吉祥如意。

小镇的除夕

熊召政[①]

一

小镇的除夕

是埋葬衰老和忧愁的日子

从浏阳销来的"电光炮"

炸碎了黎明前的静寂

石板路两旁的人家

早早就放出了浓郁的酒意

你的醇厚，他的绵长

左邻辣中含甜，右舍杯杯绿蚁

---

① 熊召政，1953年生，湖北英山人。曾任湖北省作协副主席，现任湖北省文联名誉主席。抒情诗《请举起森林一般的手，制止！》获全国中青年诗人优秀新诗奖（1979—1980）。长篇历史小说《张居正》获第六届茅盾文学奖。

家家风格迥异的团年饭

都邀来启明星入席

只是得了压岁钱的孩子

不大懂得团年的神圣

想去门外跑街，却害怕奶奶的

呵斥，不敢溜下高椅

只好手抓一个油炸的肉丸

和桌下的小狗嬉戏

闭门吃饭，开门迎客

每户人家都希望获得吉利

镇长不似往年摆着阔脸

逢人见笑，道一句：恭喜

二

从前几天，小镇就开始清扫

街尾送冬，街头迎春

都需要一条洁净的路面

笤帚扎在长竹竿上

擦洗挂满尘条的烟筒

让松柴烧出的炊烟的乳白

无碍地写上蓝天

不至于从灶门溜出

熏黑杨柳青年画

和新漆的楼板

水沟里的淤泥也被铲走

不能让一丝秽气将佳节污染

让春雨或者微雪

畅快地流过家家门前

黄昏时，人们将一年的

劳累和污垢

都携去泡进温泉

老太太洗净发间的苍老

用纯白的糯米

为家人蒸制糍粑

用黑芝麻做成

赠给邻娃的糕片

她还为串乡的乞丐

烙出一筐圆饼

让他们分享一个老妇的慈善

她不知道乞丐愈来愈少了

在她度尽劫波的余年

三

小镇的除夕

是古老的童话重演的时辰

团年饭吃到日上三竿

一家老少，便都到郊外上坟

但也有人不曾祭祖

不曾消歇的集市色彩缤纷

你看那个二十一岁的小贩

招徕顾客的声音多么动人

他卖完了上海贩来的时髦春装

又卖起自家套印的门神

四

除夕的高潮随着暮霭来临

多少盆炭火烘烤着黄昏

从一个地名引起的美丽故事

到埃及金字塔的种种传闻

从家族绵延千年的发展

到乡村一个穷亲戚的命运

从报纸上天天宣传的改革

到小镇月复一月的变更

在无尽的故事与笑谈中

人们仿佛净化了自己的感情

父亲宽宥了儿子的喇叭裤

书记默认了邻居的售货亭

白发人则原谅了小镇的人心不古

在电子琴的演奏中等待鸡鸣

小镇的除夕

是人心走向纯朴的时辰

一个人就是一个欢乐的世界

每个世界里都是春雨纷纷

是谁在窗外大喊一句：看灯啰

惊奇与企盼的眼光都投向街心

上百盏走马灯点燃了小镇

辐射出一片绯红的新春

（发表于《诗刊》1983年第7期）

陕北腰鼓

*梅绍静*①

是因为来自贫穷的凄惶之中吗?

它带着多么热烈的迸发的欢乐!

这蕴藏在黄土下的春雷啊,

腾腾踏踏地响来,震动着沟沟壑壑。

阵阵黄河浪似的鼓点儿,

推涌多少庄稼汉在大路上走过。

这是劳动人一年之余的自我娱乐啊,

这是四季欢声笑语的聚合。

大鹏鸟似的打鼓人,

---

① 梅绍静,1948年生,四川广安人。毕业于北京大学中文系。历任《延安文学》副主编、《诗刊》编审等职。诗集《她就是那个梅》获第三届全国优秀新诗(诗集)奖(1985—1986)。

展开了他们的翅膀飞起又飞落。

是他们旋转着暖风阳气啊，

是他们播撒着初春的花朵！

敲吧，跳着敲，舞着敲，

敲得人人心里都发热！

多希望金黄的土地做我们的鼓面，

敲出最扎实最宽广的欢乐……

（发表于《诗刊》1983年第11期）

霍尔果斯的哨兵

林　染[①]

应该戴一颗红星

让五角形的鲜艳的青春

在最值得闪耀的地方

闪耀

这个地方

应该是有鹰隼的西天山

应该是有塔松的西天山

应该是西天山下的国境线

应该以男子汉的强悍

---

① 林染，1947 年生，原名赵树森，河南汝南人。甘肃省作协原副主席。

把国境线紧紧地攥在手中

一直，一直贴住胸膛攥着

直到把那儿的山呀水呀

攥成一条乌亮的钢枪

还应该披一袭绿色的斗篷

让一片安宁而兴旺的春天

随风昂扬地飘起

一遍遍轻拂岭南、中原和塞北

轻拂人民大会堂高高擎起的

红蕊金瓣的国徽

就为了完成这尊塑像

他才穿越古尔班通古特沙漠

翻过冰雪的塔尔奇群峰

在霍尔果斯哨卡

庄严美丽地站定

（发表于《诗刊》1984年第4期）

舰长的传说

李　钢[①]

传说舰长诞生在海底一条大峡谷

所以至今腮边还生长松针状的水草

并且是水草中最具魅力的一种

传说他喜欢骑在鲸鱼背上做游戏

在动物喷泉的沐浴下堆垒礁石积木

他随意翻阅海浪书页

学会了各种海风的语言

常常跟许多爬上膝盖的小海兽攀谈

直到培养出潇洒的海洋骑士风度

---

①　李钢，1951 年生，陕西韩城人。1968 年入伍，后当过工人、教师、重庆工学院干部等。重庆市作协第二、三届副主席。现为重庆市人民政府文史研究馆馆员。诗集《白玫瑰》获第二届全国优秀新诗（诗集）奖（1983—1984）。

他便去结识海的女儿

开始和她进行漫长的恋爱

（舰长对此事总是缄口不言

这就使得传说神秘及至神圣）

他的呼吸带着咸味儿，走在岸上

会把任何一处空气染上海腥

传说他的心脏是铁锚形的

注定让他属于海

注定让他当上水兵，注定让他

年青时轻轻地违犯一条舰规

在一艘木壳艇的锚链舱里禁闭三天

然后注定让他来当我们舰长

（如今那木壳老艇早就退出现役喽

青春也从舰长的额头驶出好些海里喽）

传说舰长有三次见到海魂

传说　舰长　有三次见到　海魂！

问他海魂是什么形状的他也不说

（海星样的？水母样的？美人鱼样的吗？总之他不说）

而他那双眼睛肯定是海魂赋予的

那两颗藏在椰树叶下的小行星

常常是夜里升起在海面，饱吸了太阳风

制造一些神奇的百慕大三角以外的哑谜

使海盗们无声无息地消失

永远躲进某几条不明去向的鲨鱼肚里

我们舰长，这海盗的天敌

至今他仍然单独去赴海洋的约会

他一人踱步海湾，在沙滩上坐着或者躺下

点燃那根海柳木的黑烟斗，这时我看见

一八四〇远远地燃烧

传说好多年前有个渔姑送给舰长

一些奇异的贝壳跟小螺蛳，每天晚上

贝壳们就在他枕头底下唱着优美的渔歌

为此我曾在夜里溜进舰长舱

结果我看见他的胸脯像浪一样起伏，我听见了

甲午年隆隆的回声

于是我幻想他英雄般牺牲过三次

每一次血都渗入他的髭须

像松叶上挂着的一缕缕晨曦

而每一次他又英雄般复活

（这事我当然没有跟别人讲过

否则又将成为舰长最新的传说）

但我们舰长是个老猎人

这不是传说

他喜欢吞吃各种新版海图

他一剃胡子就是要出海了

这不是传说

有一次在舷边，他喃喃自语

他说：脚下是——液体的——祖国

这是我亲耳听到的

绝不是传说

（选自《白玫瑰》，重庆出版社1984年出版）

我骄傲：我是中国人(外一首)

王怀让[①]

在无数的

　　蓝色的眼睛、

　　　　黄色的眼睛之中，

我有一双

　　宝石般的

　　　　黑色的眼睛，

我骄傲：

　　我是中国人！

在无数的

　　白色的皮肤、

---

① 王怀让（1942—2009），河南济源人。毕业于河南大学中文系。曾任河南省文联主席团成员、省作协副主席，郑州大学特聘教授等。

黑色的皮肤之中，

我有一身

　　大地般的

　　　黄色的皮肤，

我骄傲：

　　我是中国人！

我骄傲，

　　我是中国人——

黄土高原

　　是我挺起的胸脯，

黄河流水

　　是我沸腾的血液，

长城

　　是我扬起的手臂，

泰山

　　是我站立的脚跟！

我骄傲，

　　我是中国人——

我的祖宗

　　　最早走出森林，

我的先人

　　　最早开始耕耘，

我是指南针

　　　和印刷术的后裔，

我是圆周率

　　　和地动仪的子孙！

我骄傲，

　　　我是中国人——

在我的民族中，

不光有史册上万古不朽的

　　　孔夫子、

　　　　　　司马迁、

　　　　　　　　李自成、

　　　　　　　　　　孙中山……

还有文学中永远活着的

　　　花木兰、

　　　　　　林黛玉、

孙悟空、

　　　　鲁智深……

我骄傲，

　　我是中国人——
在我的国土上，
不光有雷电轰不倒的

　　　　长白雪杉、

　　　　　太行翠柏、

　　　　　黄山劲松……
还有那风雨不灭的

　　　　井冈传统、

　　　　　雪山火炬、

　　　　　延安精神……

我是中国人！

　　我的和黄河一样

　　　　粗犷的声音——
不光响彻在

　　联合国的大厦里，

大声发表着

　　中国的议论；

也响彻在

　　奥林匹克的赛场上，

　　　大声呼喊着

　　　　"中国得分。"

当掌声把五颗金星

　　托上蓝天，

我骄傲：

　　我是中国人！

我是中国人！

　　我的和长城一样

　　　巨大的手臂——

不光把采油钻杆

　　钻进外国人

　　　预言打不出油的地心；

也把通讯卫星

　　送上祖先们

　　　梦中不曾到过的白云。

当五大洲向东方

　　竖起耳朵，

我骄傲：

　　我是中国人！

我是中国人，

　　我是莫高窟壁画的传人！

让那翩翩欲飞的壁画

　　与我们为伍——

我们就是飞天！

　　飞天就是我们！

我骄傲：

　　我是中国人！

我是中国人，

　　不是圣经中的古代巴比伦人！

让祖国踩着我们的脊梁

　　走进天堂——

我们就是通天塔！

　　通天塔就是我们！

我骄傲：

　　我是中国人！

我是

　　中——国——人——！

1984年作

（选自《祖国之歌》，北方文艺出版社1999年出版）

"人民万岁"

你从韶山水田的

　　黄色的阡陌上走来，

你从安源煤矿的

　　黑色的巷道里走来，

你从湘乡的那棵垂挂过

　　许多苦难的老槐树下走来，

你从长沙的那口映照出

　　许多血泪的清水塘畔走来……

你走来，径直走上天安门城楼，

向着创造历史的人民

　　用深沉的湖南口音高呼：

　　　　人民万岁！

你从能够望到民族志气的

　　上海望志路走来，

你从可以看穿世纪烟雨的

　　南湖烟雨楼走来，

你从八百里井冈的很有特色的

　　中国的秋收里走来，

你从二万五千里长征的很有气魄的

　　中国的长跑中走来……

你走来，大步走上天安门城楼，

向着改造历史的人民

　　用洪亮的湖南口音高呼

　　　　人民万岁！

你从万里雪飘的

北国风光走来，

你从顿失滔滔的

大河上下走来，

你从《史记》里的

秦皇汉武的赫赫武功中走来，

你从《资治通鉴》中的

唐宗宋祖的奕奕文采里走来……

你走来，很现实地走上天安门城楼，

向着扭转乾坤的人民

用可以穿透乾坤的湖南口音高呼：

人民万岁！

你从照耀人民智慧的

西江月辉里很抒情地走来，

你从奔腾人民力量的

满江红浪里很激情地走来，

你从《送瘟神》的

浮想联翩的兴奋的韵脚中走来，

你从《到韶山》的

夜不能寐的振奋的平仄里走来，

你走来，很浪漫地走上天安门城楼，
向着叱咤风云的人民
　　　用能够驾驭风云的湖南口音高呼：
　　　　　人民万岁！

你走上天安门城楼
　　　是为了高呼人民万岁，
人民才用自己的身躯
　　　把天安门托得如此峨峨巍巍；
你走上天安门城楼
　　　是为了高呼人民万岁，
人民才用自己的血汗
　　　把天安门染得这样如描如绘……

——这就是你教给我们的真理
　　　呼人民万岁的人，
　　　　　他活着的时候
　　　　　人民才会向着他高呼万岁！

你走上天安门城楼

　　是为了高呼人民万岁，

把握历史的人民

　　才会让你在史册上永放光辉；

你走上天安门城楼

　　是为了高呼人民万岁，

主宰世界的人民

　　才会让你在世界上万古永垂……

——这就是你教给我们的哲学

　　呼人民万岁的人，

　　　　他走了，他的思想

　　　　　　却可以万岁万万岁！

　　　　　　　　　　1993年作

（选自《王怀让自选集》，作家出版社1997年出版）

高原的太阳

叶延滨①

又升起来了

又升起来了

你呀，你呀，高原的太阳

高原的太阳好精神

高原的太阳好漂亮

高原的儿子就该这个模样

你多爱你的母亲哟

用你温暖的明亮的阳光

---

① 叶延滨，1948 年生，黑龙江哈尔滨人。曾任《诗刊》主编、中国作协诗歌委员会主任。长诗《干妈》获全国中青年诗人优秀新诗奖（1979—1980）。诗集《二重奏》获第三届全国优秀新诗（诗集）奖（1985—1986）。

抚过高原的胸膛

你总是这样，多情的小太阳
在高原的每一个露珠中笑
在高原的每条小溪里唱

还在每一张雪亮的锄板上
留下你的模样
让锄板把你种进垄行

再推推门，又被敲窗
每孔窑洞耀得明晃晃
像个淘小子跑遍了山庄

你是从哪儿来的呢？
是从那个古老的神话扶桑
还是从那个揽羊后生肩上

真格的，那女子的眼睛真亮
当她看到你的时候

黑眸子里闪出个太阳

你站在电视天线上张望

莫不是也想到集上逛逛

赶集人的影子被你拖得长长

多情的太阳，淘气的太阳

充满活力的太阳哟

你呀，你呀，高原的太阳

发热吧，发光吧，上升吧

照亮这个难逢的好时光

让全世界知道，什么叫希望……

（发表于《诗刊》1984年第7期）

等待日出

马丽华[1]

让目光翻越那山

迎迓日出

为东方的草原

镶好了绯色的滚边

他就要踩着红地毯来了么

那宇宙与我共有的

　　永恒的灯

伫立于草滩，久久地

知道他太遥远

---

① 马丽华，1953年生，山东济南人。毕业于北京大学中文系。曾任西藏文联副主席、中国藏学出版社总编辑等。获第七届庄重文文学奖。

而相信光芒可及温热可及

哦足够了。让

　　　我的心为他激动或是宁静

　　　我的爱因他升华或更加深沉

让目光翻越那山

迎迓生命的日出

被戕害的心灵愈益脆弱

脆弱得经不住幻灭感的诱惑

当那小船被引向沉沦的寒泉

太阳风重新荡开命运之帆

真该最后做一次非分之想

朝向他黄金的岸远航

太阳太阳

让我们互不设防

太阳升起半圆

如眉眼的微笑

我属于他，我要以背脊偎向他

高高地张开左臂和右臂

摄一张顶天立地的逆光照

噢，草原——太阳——

　　黑色剪影的我

（发表于《诗刊》1984年第8期）

呼伦贝尔草原

宗　鄂①

夏天终于

　　沿着长长的国境线来了

终于来到开花的草原

风攉着草浪

　　涌过了辽远的地平线

呼伦和贝尔仰卧在草地上

　　尽情幻想那神秘的远山

夏牧场像一片嫩绿的桑叶

羊群是桑叶上肥胖胖的蚕

雨季刚刚过去

---

① 宗鄂，1941 年生，原名寇宗鄂，四川梓潼人。毕业于北京师范大学文艺学研究生班。曾任《诗刊》编辑部主任等，现为《诗刊》编委。

这么多的蘑菇

　　举起洁白的小伞

贝加尔针茅初试锋芒

萨日楞和鸢尾花炫耀着鲜艳

姑娘再灵巧的手

　　也难织出这么绚丽的花毯

告别了寒冷和龙卷风

草原从冬天搬进了夏天

蒙古包、大篷车、牧羊犬

燃着青草味的牛粪火

升起奶茶香的炊烟

收录机和电视机

三分现代气息

还有七分古典

草原爱骑马奔驰

也爱骑摩托兜风

"嘉陵"比之河马

　　更富于魅力，更时髦，更浪漫

牧场和生活

　　都在季节的更替中搬迁

开阔的草原是没有遮拦的

一切都袒露在外面

系在套马杆上的心是透明的

姑娘的爱也无须躲躲闪闪

岩石般粗壮的男子汉

从不掩藏驰骋中的倜傥和慓悍

草原的奔马是没有缰绳的

腾身跃进徐悲鸿、刘勃舒

    气势雄壮的画卷

呼伦贝尔早已容不下

    飞腾的马蹄

有安-24，有特快列车，有"黄河"

带着蒙古包的亲切微笑

带着扎赉湖的红鲤跃过龙门

带着花毛毯迷人的色彩

    和草原牌特级奶粉的鲜美芬芳

驰向中原和岭南

1984 年 9—10 月作

（发表于《诗刊》1985 年第 1 期）

我应该是一角大西北的土地

章德益①

我应该，我应该是一角

大西北的土地

一角风，一角沙，一角云絮

一角虹柳，一角胡杨，一角砂碛

一角峥嵘的山，一角奇兀的石

一角清洌的山泉，一角圣洁的雪域

一角骆驼刺，一角酥油草，一角驼铃的碎语

有岁月的烟云从我额顶漫过

有记忆的生烟沿我脚底升起

脉搏中有马蹄的撞响

---

① 章德益，1946 年生，江苏苏州人。毕业后参加新疆生产建设兵团，历任农工、宣传队创作员、教师，《新疆文学》编辑，中国作协新疆维吾尔自治区分会专业作家。

血液中有烽火的摇曳

历史写在热血中

三百万平方公里的辽阔

浓缩成我一角尊严与壮丽

我应该有黄土高原般沉郁的肤色

我应该有嘉峪关般伟岸的背脊

我应该有九曲黄河般曲折的手纹

我应该有塔克拉玛干般开阔的胸臆

我应该有祁连雪峰般阔大辽远的视野

我应该有伊犁骏马般雄烈长啸的豪气

我额头上，应该有一幅新飞天的壁画

风云凿就的曲曲线纹

我瞳孔中，应该有一汪未经污染的天池

从我灵魂的造山运动中升起

我躺下，我就应该是一块新绿洲

我站起，我就应该是一片新山系

大西北，雄伟辽远的大西北

奔驰着风、云、烟沙、马蹄

列祖列宗开发的地方

悍野的自然，强者的领地

红柳丛点亮风沙中的辉煌

地平线展开梦幻般的神秘

遥远的沙柱摇摆着地球的旗语

在我的血肉中，能种植出

蔚蓝的天光，晶亮的露珠，贞洁的雨滴

在我的身躯中，能繁衍出

虬曲的树根，多汁的草茎，玲珑的鸟语

能结出一轮又一轮乳香鲜洁的太阳

能开出一瓣又一瓣娇红媚紫的晨曦

我的额纹呐，将敞开大西北全部的地平线

引领一个信念又一个信念

拓向最庄严最迢遥的领域

大西北，雄丽神圣的大西北

我应该，应该是你的一角土地

让闪电开垦我，让雷霆耕耘我，让春雨播种我

在我的渺小中成熟大西北的伟大

在我的有限中收获大西北的无际

（发表于《诗刊》1984 年第 1 期）

山雀子噪醒的江南

饶庆年①

山雀子噪醒的江南，一抹雨烟

到处是布谷的清亮，黄鹂的婉转，竹鸡的缠绵

看夜的猎手回了，柳笛儿在晨风中轻颤

孩子踏着睡意出牧，露珠绊响了水牛的铃铛

扛犁的老哥子们，粗声地吆喝着问候

担水的村姑，小曲儿洒一路淡淡的喜欢

山雀子噪醒的江南，一抹雨烟

我的心宁静地依恋，依恋着烟雨江南

故乡从梦中醒来，竹叶抖动着晨风的新鲜

走尽古老的石阶，已不见破败的童话

---

① 饶庆年（1946—1995），湖北赤壁人。毕业于湖北大学中文
系。组诗《山雀子衔来的诗》曾获《诗刊》1983年优秀作
品奖。

石砌的院落，新房正翘起昂扬的飞檐

孩子们已无从知道当年蕨根的苦涩

也不再弯腰拾起落地的榆钱

乡亲们泡一杯新摘的山茶待我，我的心浸渍着爱的香甜

山雀子噪醒的江南，一抹雨烟

我爱崖头山脚野蔷薇初吐的芳蕊

这一簇簇野性的艳丽，惹动我一瓣甜蜜，半朵心酸

望着牛背上打滚儿如同草地上打滚儿的侄儿们

江南烟雨迷蒙了我凝思的双眼

这些懂事的孩子过早地担起了父辈的艰辛

稚气的眸子，闪射着求知的欲念

可是，草坡上他们却在比赛着骂人的粗野

油灯下，只剩"抓子儿"的消遣

山雀子噪醒的江南，一抹雨烟

那溪水半掩的青石，沉默着我的初恋

鸭舌草多情记忆里，悄悄开着羞涩的水仙

赤脚，我在溪流中浣洗着叹息

浣洗着童年的亲昵，今日的无言

小路幽深，兰草花默默地飘散着三月

小路又热烈，野石榴点燃了如火的夏天

小路驮着我长大，林荫覆盖我的几多朦胧

山雀子噪醒的江南，一抹雨烟

山雀子噪醒的江南，一抹雨烟

烟雨拂撩着我如画的江南

桂花酒新酿着一个现实的故事

荞花蜜将我久藏的童心点染

我的心交给了崖头的山雀

衔一片喜悦装点我迟到的春天

山雀子衔来的江南，一抹雨烟

（选自《山雀子衔来的江南》，长江文艺出版社1985年
出版）

中国的土地

刘湛秋①

你可知道这块神奇的土地

埋藏着黄金般的相思

一串串杜鹃花嫣红姹紫

激流的三峡传来神女的叹息

冬天从冻土层到绿色的椰子林

蔷薇色的海浪抚爱着砂粒

你可知道这块神奇的土地

黄皮肤、黑头发是那样美丽

敦厚的性格像微风下的湖水

顽强勇敢又如长江一泻千里

---

① 刘湛秋（1935—2023），安徽芜湖人。曾当过工人、俄语翻译，《诗刊》原副主编。诗集《无题抒情诗》获第三届全国优秀新诗（诗集）奖（1985—1986）。

挂霜的葡萄下跃动着欢乐

坚硬的核里已绽开复兴的契机

（选自《无题抒情诗》，重庆出版社1986年出版）

念黄河

周所同[1]

地理书上读你。读你

如读故乡那条蓝幽幽的小溪

祖母的蒲扇下读你。读你

如读萤火虫一闪一闪的灯谜

梦境的矮檐下读你。读你

如读母亲倚门唤儿的亲昵

线装的唐诗里读你。读你

如读李白《将进酒》的豪气

　　黄河，黄河啊

　　我是你穿红兜肚的孩子

---

① 周所同，1950年生，山西原平人。毕业于山西大学外语系。曾任《五台山》杂志副主编，《诗刊》编审等。

真的。我已不记得是怎么长大的了

只记得父亲拉纤归来

总为我采回一束蓝蓝的马莲

哦！这无字无声的摇篮曲

采自你纤绳匍匐号子裂岸的河畔

妈妈停下纺车就是三月了

三月的炊烟总是饿得又细又软

我拽着妈妈的愁绪去挖野菜

哦！野菜很苦很苦也很甜很甜

赤着的脚趾走在你的沙地

深刻感受到你十指连心的爱怜

数着你的渔火入梦，我的

小红帽就不再害怕狼外婆敲门了

喝口你的河水润嗓，我就

能把信天游唱成起起伏伏的山梁了

扎起你三道蓝的羊肚手巾

我就敢把山丹花别在姑娘鬓边

而吃一碗你的小米捞饭

我便见风儿长成北方一条壮汉！

喊我一声乳名儿吧！黄河妈妈

我是你善良的眼睛望高的孩子

也是你苦难的石头磨硬的孩子

只要你还有旋涡还有浅滩还有

第一千次沉船时高扬的手臂

我就会应声而来。长成你

第一千零一次不倒的桅杆！

1986年7月9日作于杭州

（发表于《诗刊》1987年第3期）

看一座房屋盖起来

路　翎①

看一座房屋盖起来

很多双勤劳的手工作着

瓦砾堆移走了

运砖瓦的车骄傲地来了

挖掘墙基了

蹦跳的压土机在工作了……

胸中的血加速地跳跃了

想象着走进新盖的房屋里了

走到晾台上了

在这里开始工作了

---

① 路翎（1923—1994），原名徐嗣兴，江苏苏州人。"七月诗派"代表性诗人之一。曾任中国戏剧出版社编审等。著有长篇小说《财主底儿女们》。

夜晚星斗灿烂

天空没有雾障和浑浊的黑色

而白昼宁静

看一座房屋盖起来

想象力在它的前面飞翔

想象几十年后生育的婴儿

想象几十年后展览会的都市的旌旗

想象这座房屋是很优美的

它加入人类的神奇的都市

春风中它巍峨地矗立着

夜间向黑暗射出光芒

而在冬天覆盖着雪

人类的都城耸立着

历代生息的坚韧基地

和

热烈的呼吸和

一直到天空和地底

显出崇高的理想的巨大的影子

白昼震响

和

深夜里都市的胴体向黑暗射出灯光而呼吸着

看一座房屋盖起来

胸中的潮水加速地澎湃了

1987年5月作

（发表于《诗刊》1987年第9期）

中国高第街

洪三泰①

宋朝在羊城挂牌——高第街

一幅活鲜鲜的《清明上河图》

铜钱串起锈蚀的历史

元明清在高声叫卖

却积压了一叠叠祖传秘方

风雨之夜总是早早地紧关店门

拂晓，大官从这里走马上任

午后，又听见将军在小巷诞生的哭声

高第街哺育的人才海外扬名

---

① 洪三泰，1945 年生，广东遂溪人。广东省文学院原院长，
现任广东省人民政府文史研究馆馆员。

鲁迅和许广平在许家观"七夕"供物

木屐声里，夕阳之下

他发现装饰中国历史的

竟是一根自捻的红头绳

从东到西一里，一里小街

一千年也走不到尽头

怎能走出街口，走出娇嫩的珠江呵

我善良的智慧的华夏子孙

马克思幽默地点破

广州自给自足的秘密

自制的土头巾

长久地裹着自己的眼睛

整个中国缩在高第街头

惊疑地聆听海外潮响

却听见重炮在轰击大门

高第街在做遨游天际的惊梦

当中国的太阳猛然爆炸

当南方在金色的放射中洞开

当阳光的碎片铺满街巷

高第街便开始诠释中国

以它敞开的十四条横巷之门

世界商品经济的风云

触动中国这条最敏感的神经

它蜕变成一条彩色巨龙

历史悠然地徜徉街头

试穿着牛仔裤和蝙蝠衫

笑谈一千年天地嬗变

一千年起死回生

它默念在世界竖起的一则广告

——中国高第街与现代文明

1987 年 11 月 15 日作于广州

（发表于《诗刊》1988 年第 1 期）

祖国（或以梦为马）

海 子[①]

我要做远方的忠诚的儿子

和物质的短暂情人

和所有以梦为马的诗人一样

我不得不和烈士和小丑走在同一道路上

万人都要将火熄灭　我一人独将此火高高举起

此火为大　开花落英于神圣的祖国

和所有以梦为马的诗人一样

我借此火得度一生的茫茫黑夜

此火为大　祖国的语言和乱石投筑的梁山城寨

[①]　海子（1964—1989），原名查海生，安徽怀宁人。毕业于北京大学法律系。曾任中国政法大学哲学教研室教师。

以梦为上的敦煌——那七月也会寒冷的骨骼

如雪白的柴和坚硬的条条白雪　横放在众神之山

和所有以梦为马的诗人一样

我投入此火　这三者是囚禁我的灯盏　吐出光辉

万人都要从我刀口走过　去建筑祖国的语言

我甘愿一切从头开始

和所有以梦为马的诗人一样

我也愿将牢底坐穿

众神创造物中只有我最易朽　带着不可抗拒的死亡的
　速度

只有粮食是我珍爱　我将她紧紧抱住　抱住她在故乡生
　儿育女

和所有以梦为马的诗人一样

我也愿将自己埋葬在四周高高的山上　守望平静的家园

面对大河我无限惭愧

我年华虚度　空有一身疲倦

和所有以梦为马的诗人一样

岁月易逝　一滴不剩　水滴中有一匹马儿一命归天

千年后如若我再生于祖国的河岸

千年后我再次拥有中国的稻田　和周天子的雪山　天马

　　踢踏

和所有以梦为马的诗人一样

我选择永恒的事业

我的事业　就是要成为太阳的一生

他从古至今——"日"——他无比辉煌无比光明

和所有以梦为马的诗人一样

最后我被黄昏的众神抬入不朽的太阳

太阳是我的名字

太阳是我的一生

太阳的山顶埋葬　诗歌的尸体——千年王国和我

骑着五千年凤凰和名字叫"马"的龙——我必将失败

但诗歌本身以太阳必将胜利

1987年作

（选自《朦胧诗选新编》，春风文艺出版社2020年出版）

我的名字叫：兵

李松涛[1]

边防线上，竖着我的身影，

雪雨风霜知道我的行踪。

我的钢枪，似一座山峰，

撑起青色的黎明，

　　以及黎明后祖国的沸腾。

我的军装，似一片浓绿，

覆盖金色的黄昏，

　　以及黄昏后祖国的甜梦。

啊！我威武而豪迈地守卫着界碑，

　　守卫着界碑这边大豆摇铃的土地，

　　守卫着界碑上面霞光辉彩的天空。

---

[1] 李松涛，1950 年生，原名李荣阁，辽宁昌图人。长期在部
队工作。曾任辽宁省作协副主席。长诗《拒绝末日》获首届
鲁迅文学奖。

枪，上肩——

　　肩起青春！肩起信任！肩起使命！

军帽下的大脑，盛着机智，

军服里的身躯，藏着英勇。

解放鞋的鞋带，勒紧足力，

巡逻途中，踢平坎坷，踏断泥泞。

　　走过原野，我的心胸就原野似的宽广，

　　走过高山，我的脚步就高山似的坚定。

　　迎接雾里的朦胧的旭日，

　　欢送雪后闪烁的繁星。

　　有我坚实的足迹，

　　就有幸福和安宁。

烈日下不枯的山花可以作证，

寒风中不凋的苍松可以作证，

四季不倒的界碑可以作证

　　我是祖国母亲信得过的儿子，

　　我的名字叫：兵！

　　　（选自《朗诵诗选》，安徽文艺出版社1987年出版）

相会在天安门广场

柯　原[①]

十月，我们走向北京

神州，十一亿颗心

相会在天安门广场

历史在这儿合唱

民族在这儿合唱

南湖的游船，遵义的火炬

在这儿熠熠生辉

井冈山的杜鹃，延安的山丹丹

在这儿粲然开放

---

①　柯原，1931年生，原名章恒寿，侗族，湖南新晃人。1949年
　　参军。曾任广州军区文化部文艺处处长，广州军区政治部研
　　究员等。

雨花台的壮志，白公馆的浩歌

在这儿悠悠回旋

淮海的炮声，渡江的浪涛

在这儿轰鸣震荡

这儿标下了历史的进程

这儿放射着民族的辉煌

你来自法卡山老山丛林

他来自南海永暑礁的碧浪

你来自巍巍雪山与黄土高坡

他来自东海渔场和江南水乡

你带来火把节的热烈

他带来泼水节的清凉

你带来端阳节的龙舟锣鼓

他带来三月三的漫山歌浪

色彩缤纷的合唱

辽阔深沉的合唱

一个站起来的民族

一个拼搏奋进的时代

理想和希望在合唱

信心和力量在合唱

最美的歌儿献给天安门

最香的花儿献给天安门

最深的爱献给天安门

——这人民心中圣洁的广场

——这群星闪烁的光明的海洋

四十年，又一个起点

共和国的巨轮正乘风破浪

人民英雄纪念碑是桅杆

挂着一轮鲜红的朝阳！

（发表于《诗刊》1989年第10期）

母 语

梁小斌[1]

我用我们民族的母语写诗

母语中出现土地、森林

和最简单的火

有些字令我感动

但我读不出声

我是一个见过两块大陆和两种文字

相互碰撞的诗人

为了意象，我曾经忘却了我留在

沙滩上的那些图案

母语河流中的扬子鳄

不会拖走它岸边的孩子

---

[1] 梁小斌，1954年生，安徽合肥人，"朦胧诗派"代表性诗人
之一。诗歌《雪白的墙》获全国中青年诗人优秀新诗奖
（1979—1980）。

如今，我重新指向那些图案

我还画出水在潺潺流动的模样

我不用到另一块大陆去寻找意象

还有太阳

我是民族母语中的象形文字

我活着

我写诗

（发表于《诗刊》1991年第9期）

圣 土

路 漫①

是的　孔子保存了中国的心

正如庄子保存了中国的翅膀

正如筷子保存了中国味儿

正如月亮保存了中国的光

正如我在中学时代

躺在乡下袒露给夜空的黄土院落里

仰看那些硬币一样闪亮的星星

终究没能确认

到底是哪五颗　被仿制在一面旗上

在血液与激情的底色上　显出金子的质感

---

① 路漫（1963—2000），原名赵春迎，陕西合阳人。1985年
毕业于北京大学哲学系。大学毕业后历任西北工业大学教
师，陕西电视台节目策划及主持人，陕西人民广播电台节目
主持人，陕西人民广播电台交通音乐台总监等。

使国土得以完整

使人民　在公元1949年的秋天

含泪欢呼得近乎疯狂

比海洋更懂得克制的土地

比土地更懂得忍耐的种子

曾经在怎样的黑暗深处

屏着呼吸　承受住各种压力

比蚯蚓更加坚强　一毫米一毫米

朝正午太阳的目标突围

用比沉默更深的语言

在最后一瞬间

喊出绿色的话语

或许已经几千年

从孕育到出土或许更久

从三更天到黎明这段黑暗的旅程

被月光照彻　就像泉水穿过幽深的林子

叮咚着把石头孤独的壳柔顺

或许就是绵延不绝的月光

使我对女人和母亲更加崇敬

无数次　走进半坡遗址

我面对那些陶罐、汲水女子和鱼

都深深感受到水与月牢不可破的力量

或许就是这些由梦织成的白色羽毛

夜夜飞翔

影子沉积于河流和泥土

使它们深藏着不可言传而又取之不尽的

神秘话题　一辈人一辈人

给后世留下剪不断理还乱的黑色辫子

因此而让林语堂知道

什么是吾国吾民吾土吾邦

是的　泥土　你通过庄稼

表达日益滋长的愿望

通过高原上耐旱而不怕寒冷的树木

传递你对高度的渴求

我生在渭北高原一个小寨子的春上

我曾用脚步丈量过许多村庄

与村庄之间的道路

我住在由你垒起四堵墙的小屋里

和烤火的　抽旱烟的　做饭的　甚至流

　鼻涕的，和他们亲切地坐在一起说话

吃了没有喝了没有睡了没有病了没有什么什么啦没有

如今我坐在九平方的斗室坐在这座古城

西南的一角　展开纸

一次次感到你的果子

你的果子里普通但深邃的核

已移植入我的体内

让我的思想翠绿如叶片生长

我踩在这片土上

正如庄稼长在这片土上

正如筷子插在饭碗上

正如火苗摇摆在炉口上

正如一架被线牵引的风筝飞在天上

（不是鸟飞在天上）

正如头竖在肩膀上

正如头发飘在头上

（不是鸟飞在天上）

正如中国站在太平洋边上

我踩在这片土上　沉重或轻松地走路

度过我一天一天的教书生涯

无一例外　人都是这样走着

各自踩在神圣而朴素的地方

活一次，死一次

然后肉体如种子沉入土地

灵魂如鸟般学会飞翔

是的　灵魂

就像月亮保存了的

那种光

（选自《灵魂根据地》，太白文艺出版社1997年出版）

314

我追随在祖国之后

梁　南[①]

我的足音，是我和道路终生不渝的契约，

是我亲吻大地得到的响应。

我渴求污垢不要沾染母亲的花裙，

难道是我过分？不！是人子爱她之深。

我愿做她驱使的舟楫和箭，水火相随；

我愿如驼队，昂首固执地穿越戈壁，

背负她沉重的美好，以罗盘做我的心。

渴望她优美的形象映红世界民族之林，

我探索风向标的误差，知足者的衰微；

探索人们对真理的怀念，对美学的虔诚；

思忖粉饰的反作用，偶像的破坏性能；

---

①　梁南（1925—2000），四川峨眉人。1949年参加解放军。
曾任《北方文学》编辑部主任等。组诗《我追随在祖国之
后》获1981—1982年《诗刊》优秀作品奖。

考核安乐椅的磨损力，先民们的艰辛；

查证狂欢时的失误，严谨时的繁盛；

研究实事求是的哲学，刚直不阿的本分……

我探索，拥抱阳光，栉风沐雨，

曾鲁莽，造次，也曾执着，认真；

时而在严肃中思考，时而在意料外欢欣；

我以惭愧去接受不幸，我走向沼泽，

深入茫无涯际的古林，蚊蚋如雾的处女地；

历经了种种炼火，我仍是母亲衣领上

一根纬线，时刻闻着她芬芳的呼吸。

我是滚滚波涛中微不足道的一滴水，

我是银河系中渺小的一颗星，

我是横越寒荒的天鹅翅上的一片毛羽，

我是组成驼铃曲中的短促一声……

昨天已经死去，明天即将诞生。

探索的岂止是我，是一支欢快的队伍，

一个自强的民族，我是走在最后的人。

我不属于我，我属于历史，属于明天，

属于祖国——花冠的头顶，风的脚步，太阳的心。

从黎明玫瑰色的云朵穿过，向远方，

如风吹，如泉流，如金鼓，如急钲，

一声呼，一声唤，一声笑，一声吟，

款款叩击着出生我的广袤大地，

这行进之音，恳切而深深，

像探索一样无尽……紧紧把祖国追随。

（发表于《诗刊》1998年第5期）

中国的风筝

绿　原[①]

从蚂蚁的地平线飞起

从花蝴蝶的菜园飞起

从麻雀的胡同飞起

从雨燕的田野飞起

从长翅膀的奔马扬起一蓬火光的草原飞起

带着幼儿园拍手的欢呼飞起

带着小学校升旗的歌曲飞起

带着提菜篮子的主妇的微笑飞起

带着想当发明家的残疾少年的誓愿飞起

带着一亿辆自行车逆风骑行的加速度飞起

---

① 绿原（1922—2009），原名刘仁甫，湖北黄陂人。曾任人民
　文学出版社副总编辑等。译著《浮士德》获首届鲁迅文学奖
　全国优秀文学翻译彩虹奖。

飞过了戴着绿色冠冕的乔木群

飞过了传递最新信息的高压线

飞过了刚住进人去的第二十层高楼

飞过了几乎污染了云彩的煤烟

飞过了十次起飞有九次飞不起来的梦魇

望得见长城像一道堤埂

望得见黄河像一条蚯蚓

望得见阡陌纵横像一块棋盘

望得见田亩里麦垛像一枚枚小兵

望得见仰天望我的儿童们的亮眼像星星

说不定被一阵劲风刮到北海去

说不定被一行鸿雁邀到南洋去

说不定被一架喷气式引到外国港口去

说不定被一只飞碟拐到黑洞里去

说不定被一次迷惘送到想去又不敢去的地方去

飞吧 飞吧 更高一些飞吧

任凭万有引力从四面八方拉来扯去

只因有一根看不见也剪不断的脐带

把你和母体大地紧紧相连才使你像

一块神秘的锦绣永远嵌在儿时的天幕

（选自《绿原自选诗》，人民文学出版社1998年出版）

祖国之秋

曹宇翔[1]

今日你徒步走进秋天的广场

深秋了，天已转凉，菊花开放

风把四个湛蓝的湖泊运向空中

空中，缓缓驶过云霞船队

空中，雁翅划动季节的双桨

用歌声迎接大地起伏的歌声

在澄明的秋天你看见所有人民

城市、乡村、太平洋的波浪

甚至看到你远逝的童年，祖母

干草垛，一个孩子摇响铃铛

---

① 曹宇翔，1957年生，山东兖州人。毕业于解放军艺术学院
　文学系。1976年入伍，《人民武警报》原高级编辑。诗集
　《纯粹阳光》获第二届鲁迅文学奖。

这原野、河流，这落叶、果实

每天，广场升起一面旗帜

每天，土地长出一轮光芒

一切都是值得的，内心幸福

你笑了，想起曾有的一个梦想

谁能不爱自己的祖国呢

"祖国"，当你轻轻说出这个词

等于说出你的命运、亲人、家乡

而当你用目光说到"秋天"

那就是岁月，人生啊，远方

1999年10月作

（发表于《诗刊》2000年第7期）

三峡建设者颂

铁木尔·达瓦买提[①]

伊明·阿布拉　艾克拜尔·吾拉木　译

长江三峡哟

你显赫的名声

已在大江南北传遍

你宏伟的雄姿

吸引多少天下人

惊奇而羡慕的眼帘

在滔滔江河上

降龙伏虎谈何容易

你肩扛着全国人民的希望

身负着万吨重担

你的怀抱

---

① 铁木尔·达瓦买提（1927—2018），维吾尔族，新疆托克逊
人。曾担任新疆维吾尔自治区主席、全国人大常委会副委员
长等。

波澜壮阔如火如荼

建设者的冲天劲

直冲九霄云天

用热血和汗水

浇灌出的雄伟大坝

气贯长虹

横跨三峡两岸

这里的每一个人

不论是工程师还是专家

都有过不眠的历史

都有过甜酸苦辣的瞬间

架子工　吊车手

每晚与月亮星星相伴

用晶亮的汗水备足礼物

向祖国人民奉献

虽然报酬甚微

但激情势如洪水

滔滔汹涌　浪花万卷

你们将一切

献给了三峡

献给了工程建设

生命的价值

在这里得到充分体现

长江三峡哟

你的未来绮丽雄壮

仿佛闪电掠过眼前

千难万险　万险千难

将无力和你们匹敌

我们像一匹千里马

将迅速抵达胜利的终点

2000年9月5日作于长江三峡

（发表于《诗刊》2001年第6期）

关于祖国

高洪波[①]

祖国好像很具体

像脚下普通的土地

祖国仿佛又很抽象

像阳光一样迷离

黄山上的松影是祖国

黄河里的浪花是祖国

祖国像骏马在草原上奔驰

祖国像巨轮在海洋上鸣笛

祖国很伟大很辽阔

---

① 高洪波，1951年生，内蒙古开鲁人。北京大学首届作家班
  毕业。历任《诗刊》主编、中国作协副主席等。诗集《我
  想》获首届全国优秀儿童文学奖。

祖国很平常又很纤细

祖国遥远又亲近

祖国公开又神秘

祖国更像透明的空气

任我们自由自在地呼吸

一旦离开她的存在

你才会感到窒息

真的，在我们这个世纪

祖国像妈妈又像爸爸

所以，祖国在我心中

我在祖国的怀抱里

这，才是最准确的比喻

（发表于2004年6月1日《人民日报》）

你将怎样回答生活

周　涛[1]

说什么把红尘看破，

这遁世恰恰说明你不懂生活；

为什么要自暴自弃，

这行为难道证明你是个弱者？

你曾经无数次地苦苦徘徊，

你也曾整夜地默默思索，

想过去的理想，你的心就不隐隐作痛？

可是为了柴米的奔波，你又过早地深陷了眼窝。

---

[1]　周涛（1946—2023），山西榆社人。毕业于新疆大学中语系。1979年被新疆军区特招入伍。曾任新疆文联、新疆作协副主席等。诗集《神山》获第二届全国优秀新诗（诗集）奖（1983—1984）。1996年获首届鲁迅文学奖。

爱情，是不像你想象的那么美满，

道路，也远比你估计的百倍坎坷，

但是，你听我说，你听我说：

你是不是还热爱生活？

我记得，你曾经是那样热爱生活——

惊喜初春的嫩叶，追逐寒冬飘落的白雪！

我知道，你曾经是那样向往人生——

渴望扬帆于海洋，甘心立功创业在荒漠！

孩提时期，当然有孩子的乐趣，

枝杈上捏住蜻蜓的尾巴，花丛中捕捉彩色的蝴蝶；

生活的海洋究竟有多深多广？

孩子的眼里，只能看见沙滩的贝壳。

少年时代，难免有奇妙的幻觉，

那简直像一匹长翅的神马，浑身响着欢快的音乐！

思想的太空究竟有多高多远？

少年心中仿佛伸手就能摘下理想的星座！

那时咱们天真，却不承认自己天真，

那时咱们快活，却不感到自己活泼，

不甘平庸啊，我们梦想在未来的风景中扬起红帆，

却不曾设想，人生的大海风涛险恶……

青年的心啊，在人生的遭遇中撕裂又黏合，

甚至流出的泪水，都要比过去浑浊。

那是怎样畸形的秋末——

只见纷纷落下的树叶，不见渐渐成熟的收获。

生活呀，你可真是无情而又多情；

硬要让真正的宝刀，经过一次又一次的淬火！

热情单纯的，毕竟能成熟，

鲁莽勇敢的，终于学会思索。

生活呀，你又是多么多情而又无情：

需要剥掉一切外壳，露出原质本色！

噢！生活原来应该有这种法则：

允许在探索中迷途，不准在混乱中作恶！

哦！生活原来就应该这样明澈：

勤恳耕耘的得甜瓜，投机取巧的吃苦果！

一切真心在大风浪中学泳的人啊，

都不会被小小的错误泡沫淹没！

我越来越觉得：生活像个拳师，

你越退缩，他越要把你逼近角落！

唯一的办法：用智慧和毅力攥成双拳，

在人生的拳台上，一次次击中他的下颚！

在狂风和暴雪中，我要咬住嘴唇顽强地生活，

在春风和丽日中，我会舒展双臂幸福地生活；

在艰难和挫折中，我能昂起头颅骄傲地生活，

在团结和友爱中，我将敞开心胸谦虚地生活……

呵，我是这一代人，所以这样认识生活：

生活既不是英雄的耀武场，也并非庸人的安乐窝。

她是由无数平凡的人汇成的海洋，

要求每个人捧出亮晶晶的汗珠，为她高歌！

呵，我是这一代人，所以我更加热爱生活：

我珍惜天边一颗淡星的光芒，我迷恋一朵无名野花的
　色泽；

我们的爱不再是空洞浮泛的喊叫，

它，经历了那么多痛苦、追求、曲折、狂热……

明天正向眼前走来，今日正从身边擦过，

埋怨和牢骚，并不能使命运改向易辙；

孩子正向这世界大声报到，老人正向这人间深情告别，

颓唐和悔恨，决不是我们这一代的职责！

为了我的也是全体人民的前途，我宣誓：

发我的莹光，放我的微热，去照亮周围暗淡的生活！

为了中华民族的也是我的子孙，我宣誓：

磨我的脑汁，蘸我的汗液，去描画一个灿烂的中国！

生活就是这样：苦恼中藏着欢乐。

青年时代的朋友呀，你将怎样回答生活？

（选自《祖国啊，祖国：中华梦朗诵诗选》，中国言实出
版社2015年出版）

祖国，我是你精神花园的子叶

张学梦[1]

祖国，我执著的碧绿。

祖国，我饱和翌日的晨曦。

祖国，我是你精神花园的子叶。

祖国，我是你文化基因中最风流的碱基。

人择的宇宙依然莫名地膨胀。

哲学和诗歌的地球村此刻很静寂。

世界正用羸弱的语言抗拒物理的虚无。

而东方，挖掘朝阳的人们，挥汗如雨。

---

① 张学梦，1940年生，河北唐山人。1957年毕业于唐山第五
中学。曾做过木工、铸工、质检工、企业管理等多种工作。
河北省第六、七届政协委员。诗集《现代化和我们自己》获
第二届全国优秀新诗（诗集）奖（1983—1984）。

伴随你生命潜质的激荡。

思想从欲的浊流中析出泛起。

祖国，我是你精神花园的子叶。

我最接近那些先锋的碑铭般的警句。

祖国，你的思维和智慧正经历着新升华。

祖国，你形而上的天空，新星系正在跃迁中孕育。

祖国，你已迈进新思想破晓的伟大时代。

祖国，上苍正通过你传达它，最新的神谕天启。

给人类日愈偏执的头脑和荒疏的心灵，

提供生机勃勃的思考，万紫千红的话语。

给日愈滑向危机和阴郁的世界，

注入东方哲理和东方语境，丰饶的意义。

我的诗歌踏着世界公民的皮靴。

我的遐想插满跨文化的彩羽。

我和这个星球所有笃信理智良知的人们，

共同张扬人类文明的基本价值和普遍主义的真理。

祖国，我赞美，你投给未来的微笑。

祖国，我赞美，你展现的信心和勇气。

祖国，我赞美，你崛起标示的方向。

祖国，我赞美，你传输给世界的活力。

啊，在你眺望远方的眼瞳里，

愿我的心跳成为新日冉冉的战栗。

啊，在你金色的苍翠的额叶上，

愿我的祈祷成为灵感萌芽的露滴。

这里也是文化星辰层出不穷的地方。

这里也是睿智聪颖勤劳奉献的人们的乡里。

这里也是开拓创新和梦想成真的国度。

这里也是自由精神和精神自由的圣地。

祖国，我是你精神花园的子叶。

我携带着新世纪，一百个春天的讯息。

在注定隆起的中华思想巨人的雕像群边，

我将生成一丛碧草，并努力结出北国红豆一粒。

（发表于《诗刊》2009 年第 19 期）

敬告著作权人

　　《祖国颂》以抒发爱国主义精神为主题，由《诗刊》社组织当代诗歌名家和专家甄选汇编，入选诗作均为自二十世纪上半叶以来歌颂祖国的经典作品。为了维护相关著作权人的合法权益，《诗刊》社与作家出版社曾就版权事宜多方联系本书所涉及的相关著作权人。但遗憾的是，由于种种原因，仍未能与一部分相关著作权人取得联系。对此我们深表歉意，并诚请有关著作权人见书后尽快致函或致电我们，以便及时沟通并奉寄样书和稿酬。

通信地址：北京市朝阳区农展馆南里10号

邮政编码：100125

联系电话（传真）：010-65937951（《诗刊》社）

　　　　　　　　　　010-65004079（作家出版社）

图书在版编目（CIP）数据

祖国颂 /《诗刊》社编. —— 北京：作家出版社，2025. 1
ISBN 978-7-5212-2729-1

Ⅰ . ①祖… Ⅱ . ①诗… Ⅲ . ①诗集– 中国 – 当代 Ⅳ . ①I227

中国国家版本馆 CIP 数据核字（2024）第 039252 号

祖国颂

编　　者：	《诗刊》社
封面题字：	孙晓云
责任编辑：	朱莲莲
封面设计：	大盟文化
出版发行：	作家出版社有限公司

社　　址：北京农展馆南里 10 号　　　邮　　编：100125

电话传真：86-10-65067186（发行中心）
　　　　　86-10-65004079（总编室）

E-mail:zuojia@zuojia.net.cn

http://www.zuojiachubanshe.com

印　　刷：唐山嘉德印刷有限公司

成品尺寸：145×210

字　　数：128 千

印　　张：10.875

版　　次：2025 年 1 月第 1 版

印　　次：2025 年 1 月第 1 次印刷

ISBN　978-7-5212-2729-1

定　　价：38.00 元